IL PARTITO RADICALE E IL RADICALISMO ITALIANO

ROMOLO MURRI

© 2023 Culturea Editions

Texte et illustration de couverture : © domaine public
Edition : Culturea (Hérault, 34)
Contact : infos@culturea.fr
Retrouvez notre catalogue sur http://culturea.fr
Imprimé en Allemagne par Books on Demand
Design typographique : Derek Murphy
Layout : Reedsy (https://reedsy.com/)

Dépôt légal : janvier 2023
Tous droits réservés pour tous pays

ISBN : 9791041845477

Che cosa vuol essere la nostra B. P. di propaganda democratica

Diciamo nel corso di questo volumetto che cosa è per noi la democrazia. Essa è la stessa coscienza umana in moto per la conquista di sè, delle sue fedi, delle istituzioni sociali.

Alla democrazia che è scuola e milizia appartengono quindi solo coloro i quali sentono in sè l'affanno ed il pungolo di più sicure libertà, di una più alta giustizia, di una più larga ed efficace bontà umana. Essa è idealismo ed altruismo in azione; è il senso delle responsabilità morali, dei doveri, della missione che quelli i quali vogliono esser dei viventi, e non solo dei passivamente vissuti, sentono essere inscindibilmente uniti alla vita. Lavorare per la democrazia è lavorare per l'avvenire.

Oggi, in Italia, alla vigilia delle elezioni generali, si discutono e si agitano innumerevoli voli problemi: e tutti riguardano non l'uomo—il popolano, il dotto, il governante—o il partito come dovrebbe essere, ma quello che qui o là bisognerebbe fare; e si dimentica che gli uomini operano secondo ciò che sono o hanno nell'animo; che, divenuti migliori, essi farebbero certamente cose migliori; accesi di fervore per il bene pubblico e sociale, troverebbero facilmente dove e come questo bene va fatto.

Contribuire a diffondere il concetto della democrazia come educazione di sè, come acquisto del senso del proprio dovere sociale, come accensione di fedi, sarà lo scopo di questi volumetti.

Essi intendono quindi tornare indietro, di là dal periodo della lunga decadenza, agli uomini i quali nella generazione che fece l'Italia instillarono il senso del dovere eroico; passare innanzi, sorvolando su tutte le miserie presenti, associandosi allo sforzo pensoso e disciplinato dei giovani che vogliono conquistare sè stessi per dedicarsi alla vita pubblica con animo generoso e disinteressato di combattenti per una idea.

Un nome, innanzi a ogni altro, vogliamo inscrivere su queste pagine come auspicio: MAZZINI.

Rinnoviamoci

Alla vigilia del primo esperimento del suffragio universale, è necessità di vita pei partiti italiani accingersi alla conquista delle nuove masse elettorali; e, poichè esse hanno scarsa o nulla la cultura e la preparazione politica, trovar nelle file degli antichi elettori e fra i giovani e i fervidi un fascio di volontà animose nelle quali rinnovare e ravvivare la persuasione del proprio programma, per poi lanciarle alla paziente conquista della massa anonima e delle folle.

Ma la crisi dei partiti italiani non fu forse mai più grave e profonda. Di tutti meno che del clericale; il quale se, per i conflitti interni che lo agitano e per la lenta inesorabile dissoluzione del cattolicismo romano, dovrebbe essere in peggiori condizioni degli altri, riposa sulla attività di molti per i quali—rimossa, ogni intima inquietudine religiosa—clericalismo e sacerdozio sono solo un affare ed una professione, e sulla docile acquiescenza di masse nella cui coscienza non è ancora accesa, con la luce di una nascente consapevolezza di sè e della propria storia, la fiamma della libertà.

Di questa crisi dei partiti si è tanto parlato dal 1876 ad oggi, che essa è divenuta un luogo comune; e s'intende bene che una crisi la quale dura da quarant'anni non è più crisi ma un ciclo; e come tale, nelle condizioni oggettive che la provocarono, va esaminata.

Ma un tale esame sarebbe la storia di questo periodo di vita italiana; storia la quale, per quel che riguarda l'Estrema sinistra, può essere idealmente divisa in due periodi: quello della difesa, del consolidamento, dell'estensione delle libertà civili, che va sino alle elezioni politiche del 1900 e ai cento deputati di Estrema dinanzi ai quali cadde il ministero Pelloux; e l'altro che incomincia molto innanzi, con l'oscura intuizione e il precorrimento di una nuova rivoluzione sociale che ebbero già i maggiori uomini della Estrema, da Garibaldi a Bovio, segue e si svolge con il nascere e il crescere del partito socialista e assicura a questo, con l'opera politica e parlamentare, le condizioni essenziali di vita e di sviluppo dinanzi alla reazione delle classi minacciate, sinchè lo risolve in una politica positiva di riforme sociali da chiedere e raggiungere mediante l'accordo del proletariato con le più avanzate frazioni di estrema, e ricaccia i riluttanti verso il rivoluzionarismo.

In questo schema, sostanzialmente così semplice, si svolsero i contrasti e le lotte, solo a brevi tratti vivaci ed appassionate, dei partiti politici italiani. Il lento ma sicuro progresso delle idee democratiche affaticava nelle profondità, onde l'opera superficiale dei partiti emergeva a tratti, avvivava la coscienza nazionale, e celebrava silenziosamente le sue conquiste, spostando insensibilmente i partiti e conducendoli a contatti e a fusioni ed a cozzi (Cavallotti-Di Rudinì, Sonnino-Pantano, Luzzatti-Sacchi) che la loro logica avrebbe poco innanzi ripudiati e trovati assurdi.

Poichè, nel parlar di partiti, noi cadiamo sovente in due illusioni; l'una, suggeritaci dalla storia costituzionale inglese, che essi sieno o debbano essere unità permanenti e parallele entro le quali si svolga, in contrasti ed alternative normali, la vita politica di un paese; cosa che è realmente avvenuta in Inghilterra, ma solo in essa.

L'altra illusione, anche più pericolosa, è quella di applicare alla storia e allo studio dei partiti, realtà perennemente mutevole e fluente, schemi, idee astratte, tradizioni, programmi irrigiditi in formule, i quali sieno venuti perdendo il loro significato sino a non averne più alcuno o quasi.

Per giudicare utilmente e saggiamente di un partito, bisogna, dunque riferirsi a tutto il complicato processo della vita sociale e politica di un paese, al cozzo degl'interessi sociali, alla dialettica immanente delle grandi idee rinnovatrici, e vedere se di questa vivente realtà sociale esso si nutre, se per essa mantiene intatte le sue ragioni di essere, parola e strumento efficace di lotta.

Con questo criterio io esaminerò, come il lettore vedrà, rapidamente le tradizioni, lo stato attuale, il programma del partito radicale e del radicalismo italiano.

Del radicalismo, dico, e non solo del partito radicale; poichè quello è un fatto assai più vasto e profondo che non sia questo. Nel partito degli ultimi tempi mal si cercherebbe—chi non lo riconosce?—intiera l'anima del radicalismo italiano; esso fu cosa troppo strettamente politica e parlamentare: non si arricchì delle nuove correnti ideali, non partecipò ai moti spirituali che affaticarono profondamente e rinnovarono in parte la coscienza italiana, non seppe veder subito quello che, nel socialismo, era cosa e compito suo, non osò erigersi giudice del parlamento e dello Stato nel nome di un diritto nuovo che si andava lentamente facendo.

Ma se è facile criticare ed attaccare il partito radicale per quello che esso non fu e non fece, la critica è sterile e diventa malvagia quando non riconosce che esso ha conservato una tradizione ed un organismo, che è un istituto politico nel quale il radicalismo diffuso e disperso, cercante ancora le sue espressioni e la coesione politica, può e deve precipitarsi, per rinvigorire il partito e rinnovarlo e muovere per mezzo di esso alla conquista della vita pubblica.

Abbondano in Italia gl'ingegni e gli animi fervidi e si discute, assai più vivacemente—ed è buon segno—da qualche tempo, di problemi pubblici e delle direttive che è necessario imprimere alla nostra vita nazionale, e gruppi di volonterosi si formano intorno a vecchi combattenti o ad uomini nuovi e cercano animosamente di chiarire a sè e al paese e definire le fedi intorno alle quali, come a bandiere, raccogliersi.

Ma nessun uomo è così alto da aver l'autorità di un maestro e segno dell'idea nazionale, quale lo invocava, negli anni della decadenza, Agostino Bertani. E i gruppi e le scuole e le iniziative sorgono e si moltiplicano e si spezzano e si disperdono perchè, purtroppo, i giovani italiani non hanno ancora acquistato o educato in sè il senso della disciplina, della lealtà (la loyalty che è, in Inghilterra, la base dei partiti e la forza della vita pubblica), del sacrificio che ciascuno il quale lavora veramente per un'idea deve pur fare ad essa di una parte di sè, delle sue ambizioni, di ciò che la coscienza gli dice non esser la sostanza e la ragione della lotta, ma modo occasionale e personale di vedere.

«Vigile e severo non mancò di resistere alle deviazioni degli uomini e dei partiti nel periodo incerto del trasformismo e in un momento rapido di depressione degli spiriti e di smarrimento degli ideali proruppe in un grido dell'anima offesa:—Al governo manca il sacerdote dell'idea nazionale, che interpreti i plebisciti e compia tutto quello che possa giovare alla nuova Italia.—

«Il sacerdote dell'idea nazionale è l'invocazione fulgida e solenne che erompe dall'anima eroica della generazione che ha partecipato alla formazione del colossale edificio della patria e dovrebbe essere il monito suggestivo delle generazioni che all'opera mirabile intendono portare il contributo di nuove energie e di nuove speranze».

Le salde coesioni di uomini si formano là dove taluno dirige nel quale traspare da tutta la vita la devozione generosa ad un grande ideale e molti seguono, condotti e disciplinati dalla potenza dell'eroe. Dove questo manca, dove al difetto dei grandi agitatori e conduttori non supplisce in parte la disciplina dell'unità dello sforzo, non sono che labili coesioni d'interessi, tentennamenti e discordie, transazioni e piccole viltà e opportunismi male velati di saggezza politica.

Quelli che anche al partito radicale rimproverano questo oscillare ed oscurarsi dell'idea in coscienze fiacche ed opache e, dinanzi all'avvento di cinque milioni di elettori nuovi alla vita pubblica, invocano una nuova e più vigorosa attività che dirozzi questa massa e la educhi e trovi nelle sue confuse aspirazioni il segreto di un programma di nuova attività sociale e politica, debbono più che ogni altro curar di risalire alla visione della democrazia come di affanno e slancio e programma di un partito di avanguardia, ricollegarsi con commosso fervore e ricordo agli uomini eroici che così la intesero e praticarono, frugar la viva anima popolare per sprigionarne, con la luce di un programma, l'entusiasmo vittorioso, darsi, con tenace operosità, ad un lavoro di organizzazione.

Alcune indicazioni sicure su quello che è il radicalismo

I clericali contro i radicali

Molto, come è noto, si discute ora del partito radicale; e molti maligni sorridono e motteggiano da tutti i canti d'Italia. Ma nello stesso criticarlo e motteggiarlo che si fa, vengon poi messe involontariamente in rilievo dagli avversarii le caratteristiche e le funzioni di esso.

Notate, innanzi tutto. Il grido: dagli al radicale, fu gettato da una sala del patriarcato di Venezia, in quel famigerato discorso del conte Dalla Torre che rinnovava procacemente l'ipoteca del Vaticano su Roma e su tutta la nostra vita pubblica. Giova ricordare le precise parole del conte padovano:

«È a questo nemico più pericoloso d'ogni altro che noi non possiamo e non dobbiamo dar tregua. Dobbiamo ricordare che l'azione del radicalismo è subdola quanto il suo programma di adattamenti e d'infingimenti, atti a farlo apparire quasi il partito del giusto mezzo; e se osa ufficialmente proclamarsi anticlericale, sa privatamente trovare anche per ciò il giusto mezzo, promettendo neutralità... per giungere al potere, ove non tarderà al tradimento. Ricordiamo che il radicalismo è l'agente politico della massoneria, più e meglio che il socialismo non ne sia l'agente sociale; ricordiamo che chi precipitò l'êra del laicismo, chi determinò la laicità della scuola, chi proporrà qualsiasi attentato ai nostri diritti ed ai nostri principi fu e sarà, questo organismo, indefinibile nel suo intento e nel suo programma, ma tenace ed inconvertibile quanto lo può essere l'ambizione dei suoi, prima ed unica sua ragione di essere».

Certo a noi dispiace che la questione della libertà religiosa sia posta in Italia come questione fra clericalismo e massoneria; e tutti sanno il lungo sforzo che andammo e andiamo facendo per porla su di un terreno più largo, scevro d'ombre e di pregiudizi.

Ma parecchie cose sono da notare: e, prima, la solita ipocrisia clericale, che s'adombra e si allarma del tentativo di conquista dei poteri pubblici e dell'esercito da parte della Massoneria, quando i clericali stanno facendo altrettanto. Il segreto, che si rimprovera a quella, non muta sostanza alla cosa; e ad esso fa riscontro l'abuso della protezione che i cattolici godono come Chiesa per avvantaggiarsi come partito. La Massoneria, inoltre, non ha mai figurato nelle graduazioni dei partiti e delle dottrine politiche come cosa a sè; essa va dal partito democratico costituzionale—se pure non si spinge, saltando i clericali, sino all'Estrema destra—ai socialisti. Quello che in taluni luoghi la Massoneria ha fatto e va ora facendo: blocco delle forze popolari, risveglio dei partiti di sinistra, propaganda anticlericale, è, evidentemente, negli interessi della democrazia.

La questione della Massoneria è quindi piuttosto una questione di metodi e di mezzi. Se, per opera di essa, la lotta contro il clericalismo dovesse un giorno assumere forme giacobine ed andare oltre le intenzioni di quelli i quali hanno cura di distinguere il clericalismo e l'azione politica della gerarchia cattolica (ai quali non va data tregua) dalla fede popolare, che dalla scuola, e non dalla politica, attende le sue rinnovazioni, la colpa non sarà nostra.

Il Giornale d'Italia, il 12 giugno, dava, sull'atteggiamento dei cattolici nelle elezioni, un'intervista con un cattolico, evidentemente bene informato, nella quale si legge:

«—Dunque guerra anche ai radicali?

«—Come e anche più che agli altri bloccardi. Anzi, sono i più pericolosi, poichè sono facili a vestirsi con la pelle dell'agnello nei Collegi salvo a tramutarsi in lupi alla Camera. Le dirò che specialmente nel Mezzogiorno si è dovuta richiamare l'attenzione dei cattolici sul pericolo appunto di lasciar riuscire dei candidati che reggono magari il baldacchino nelle processioni al paese e viceversa si schierano col blocco anticlericale a Roma. Si è raccomandato a tutti di non lasciarsi sedurre da simpatie personali e d'inspirarsi esclusivamente ad un criterio politico. Ormai non è più il tempo di trastullarsi; bisogna difendersi».

Poi, dopo il noto discorso Giolitti del 15 marzo alla Camera, sono i giornali del trust cattolico, recenti dalla confessione e dalla assoluzione papale e ancora in debito della penitenza, che diguazzano allegramente e si dilettano nella critica al radicalismo, in una lunga serie di interviste debitamente commentate. Prima e non spregevole indicazione, dunque: il radicalismo è il partito che i clericali papali sentono il dovere di combattere furiosamente, prima che ogni altro avversario antico o recente.

L'on. Giolitti e la sua politica

Ma l'attacco, iniziato con l'invettiva sonora, diviene motteggio e scherno dopo il noto discorso dell'on. Giolitti sul bilancio dell'interno e la risposta data in esso all'on. Fera. È inutile negarlo: i sorrisi ironici dell'on. Giolitti, che già nella bocca dei deputati della maggioranza negreggiante divennero risa, si son diffusi pel paese nel suono di una risata allegra e malvagia, nella quale taluni han corso il rischio di spostar le mascelle.

L'on. Fera aveva detto, in sostanza, al presidente del Consiglio: noi radicali siamo una tradizione, una dottrina e una tendenza; tendenza di affrancamento dell'anima italiana dal dominio del prete, di riforme radicali nella finanza e nell'amministrazione, di conquiste sociali. Intende, l'on. Giolitti, continuando a valersi della partecipazione e dell'appoggio nostro al suo governo, continuare a secondare questa tendenza, far suo, per quanto le esigenze di una politica positiva permettono, questo programma? Intende avvalorarlo con le forze che un governo può legittimamente ed onestamente, dare alla diffusione nel paese delle idee ed al prevalere degli uomini di parte radicale?

E l'on. Giolitti rispose schermendosi; osservo che all'attuazione del programma di questo ministero, il quale era piaciuto ai radicali, uomini di tutti i settori della Camera avevano concorso; disse di sentirsi radicale anche lui, se radicalismo era intento positivo e realistico di riforme, ma di non vedere quale programma, di tutti i radicali e solo di essi, proponesse l'on. Fera al governo; mentre invece pareva a lui che anche nel partito radicale fossero molte opinioni diverse, se non addirittura tot sententiae quot capita; esser quindi meglio non insistere; non tentar neanche di definire; perchè omnis definitio periculosa.

Non so se proprio il collega Luigi Fera inducesse con il suo discorso il presidente del Consiglio ad occuparsi del gruppo radicale. Certo l'occasione fu buona; ma le parole dell'on. Giolitti rivelavano un pensiero che doveva esser spuntato da tempo e maturatosi poi del malumore di molti giolittiani e assumere, nel momento opportuno, importanza di una chiara designazione di tattica elettorale del capo del Governo.

Della legittimità e dell'opportunità della partecipazione dei radicali al ministero Giolitti dirò brevemente appresso.

Qui giova notare come chi conosca, le più certe tradizioni della politica giolittiana dovè prendere quell'accordo per ciò che esso valeva nel fatto e nell'atto, senza sperarne un valore programmatico e di avvenire. Valeva per quello che i radicali erano e potevano quando fu stretto, non perchè ulteriori conquiste fossero dall'accordo assicurate ad essi; significava consenso in punti di programma definiti—quelli che poi l'opera legislativa venne attuando non indirizzo recisamente democratico-radicale dato al Governo per la preparazione di una nuova situazione politica, al radicalismo ancora più favorevole.

E quando il lato, diremmo, positivo dell'accordo era quasi esaurito, dinanzi ad una Camera moribonda e senza opposizione, conveniva all'on. Giolitti, per tranquillizzare i suoi, e ripigliare intera—se pur ce n'era bisogno—la sua libertà dinanzi e di sopra ai partiti, metterne in rilievo il lato negativo.

E del resto, anche da parte dei radicali, l'andata al potere insieme con l'on. Giolitti fu riconoscimento di una situazione di fatto più forte di ogni riluttante proposito, e che la loro permanenza nel ministero, lungi dal modificare, ha consolidato.

Molti deputati sono—l'on. De Bellis lo dichiara a ogni momento—giolittiani, non ministeriali. Votano anche proposte radicali, purchè sieno persuasi che esse vengono dall'onorevole Giolitti; questi deve esser garante della bontà del programma e, rimanendo al potere, della saggezza delle applicazioni. Hanno tollerato i radicali al potere, non tollererebbero certo un Giolitti trascinato dai radicali, poichè questi non sarebbe più il loro Giolitti.

Poichè questa è la situazione, bene fecero e fanno i radicali a prestare il consenso e l'opera loro là dove essa è chiesta per l'attuazione di riforme che essi vollero e come riconoscimento della forza che l'idea radicale ha nel paese e parlamentarmente; ma è loro dovere, è per il partito suprema esigenza, non lasciarsi imprigionare dalla mutevole situazione parlamentare, e cercare di modificarla nelle feconde agitazioni della coscienza e dell'opinione pubblica. In più ampi cicli di attività democratiche il partito deve rinnovarsi, per il governo o per la battaglia.

Nè ciò farà dispiacere allo stesso on. Giolitti. Egli è oramai, per antonomasia, il governo, e il governo—come il regno dei cieli—subisce violenza e i violenti lo conquistano.

Mirabile tecnico del governare, egli ha anche, e lo ha confessato, benchè sia pronto a sacrificarla agli eventi, una leggera inclinazione a sinistra. Conscio, assai più di quelli che gli attribuiscono un'astuzia e un'efficacia illimitate, dei limiti veri dell'opera sua, e del prevalere degli eventi, le cui complesse condizioni a nessuno è possibile abbracciare con l'occhio e con l'opera previdente, egli governa a cicli.

Chiamato al potere, egli si crea intorno l'equilibrio politico e parlamentare che gli par meglio rispondente alle esigenze del momento, cautamente valutate, e governa con esse. Quando sente che il vecchio equilibrio è perduto e la legge del nuovo non apparisce, se ne va: e dà un piccolo colpo al barometro, perchè la lancetta indicatrice si muova. Finite le oscillazioni un nuovo ministero Giolitti è pronto.

Mai l'on. Giolitti si adatterebbe a fare del barometro politico di un gruppo il suo barometro, della lancetta dell'on. Fera la sua lancetta. Accoglie i partiti nel suo equilibrio, torcendoli un poco e deviandoli dal loro piano; non ama le correnti impetuose, che trascinano, nè le polarizzazioni che diminuiscono il settore sul quale gli sia possibile scorrere liberamente.

Quindi altra indicazione: nella presente politica giolittiana di equilibrio e di sintesi instabile il partito radicale entra nella maggioranza diminuito, costretto a fare parziale sacrificio di sè, per accomodarsi alle esigenze parlamentari e politiche; ma un disagio assiduo ed a volte acuto lo avverte che esso deve, se non vuol perdersi e dileguare, prepararsi a pesar sulla bilancia con un più fresco corredo di idealità e più alacre temperamento di lotta e più largo consenso popolare.

Dissensi e consensi fra radicali

Ma più autorevole, in materia, sarà l'opinione dei radicali medesimi. Gli avversari nostri ci chieggono, con ironia, se c'è un'opinione radicale; comune, cioè, a tutti coloro i quali si sentono e si muovono nell'ambito della politica radicale. L'on. Giolitti insinuava che no; molti gridano, egualmente, che no. E pure, se io potessi porvi sotto gli occhi le dimostrazioni più autorevoli, individuali o collettive, degli uomini del partito, dal congresso del novembre scorso, per non risalire più indietro, ad oggi, non vi sarebbe difficile discernere alcune direttive costanti.

Due, almeno, sono evidentissime: la laicità, come difesa contro il clericalismo e come concezione dello Stato e della sua attività nel campo della cultura, e il pensiero che il radicalismo sia in potenza e debba praticamente essere come il nucleo centrale di una nuova coesione ed organizzazione politica delle forze democratiche.

L'affermazione di laicità militante voi trovate nell'ordine del giorno del congresso ricordato sulla tattica del partito, nel discorso dell'onorevole Fera, nelle interviste di radicali autorevoli, nel recente ordine del giorno della direzione del partito, nel programma di recenti derivazioni del radicalismo, come sono le nuove associazioni democratiche di Milano e di Cremona.

Documentare sarebbe lungo e poco utile. Uomini insigni della politica e dell'università hanno partecipato a questi dibattiti. E nell'incrociarsi di attacchi, di difese, di critiche, di proposte, nella varietà delle opinioni intorno a ciò che il partito radicale dovrebbe fare, il concetto dell'esistenza e della necessità di esso si profilava nettamente come di un partito di riforma; ma di quelle riforme che, esigendo una maggiore audacia di visione e di confidenza nell'avvenire e spostando troppi interessi consolidati, sono dai partiti unilaterali di estrema ritenute possibili solo mediante uno sforzo rivoluzionario, dai conservatori avversate tenacemente, dai radicali sostenute e volute come normale progresso; come esigenze dei gruppi nuovi, delle energie giovani e in formazione, degli interessi sino ad ora sacrificati ad altri politicamente più forti; e quindi esigenze di tutta la società, considerata non staticamente ma nel complessivo sviluppo suo, come giustizia e diritto che si realizzano.

La storia del partito radicale

È teoria e fatto e proposito del partito radicale, in questi ultimi anni di vita italiana e per i prossimi, la politica dei cosidetti blocchi. I socialisti e i repubblicani, dopo averla largamente favorita negli anni nei quali c'era da impiegare la somma mirabile di energie popolari liberate e fatte erompere da quella riconquista della libertà che si ebbe nella memorabile lotta del 1900, se ne sono stancati e ne sono divenuti oggi i critici più aspri; effetto, questo, in parte della pertinace ideologia rivoluzionaria e di una febbre di riforme che fanno parer lento ogni moto sociale normale, ed in parte del successo medesimo della politica dei blocchi, che deluse quelle frazioni le quali non tanto desideravano i progressi della democrazia, realisticamente intesa, quanto quello delle loro pregiudiziali e del loro sistema.

E si è voluto vedere nei blocchi come l'ultima fase del trasformismo politico, e il partito radicale, assunto prima dall'on. Luzzatti poi dall'on. Giolitti al potere, affogare in quel trasformismo. Sicchè oggi, all'infuori delle due pregiudiziali, la repubblicana e quella della lotta di classe, non ci sarebbe più che confusionismo e arrivismo; quello causa insieme ed effetto di questo. Anche i socialisti riformisti, appunto perchè non accettano nè l'una nè l'altra pregiudiziale, son dichiarati dai loro compagni di ieri transfughi e traditori e arrivisti; e soffia allegramente sul fuoco la destra.

L'ampiezza stessa e l'esagerazione della condanna, debbono avvertirvi che un grosso equivoco si nasconde in essa. Io non saprei spiegarvelo meglio che rifacendo, brevissimamente, la storia del partito radicale italiano.

La democrazia radicale italiana ebbe da principio tradizioni, intenti, animo repubblicano. Ma rivelatasi nel 1848-49 l'insufficienza di moti popolari a costituire l'unità italiana, e avendo la monarchia di Savoia fatta sua questa causa, il pensiero della repubblica fu messo da parte per costituire intanto l'unità. Raggiunta questa, incominciò il distacco del radicalismo dall'idea repubblicana, fra il 1870 e il 1876, quando, nelle prime lotte fra i mazziniani puri ed altri che facevano capo a Giuseppe Garibaldi, all'idea di un'azione direttamente rivoluzionaria, volta a rovesciare la monarchia, o all'astensionismo di altri che vedevano l'inanità di questo sforzo e suggerivano di attendere tempi migliori, accelerando intanto l'educazione delle masse, si sostituì il criterio di esplicare, pur nell'orbita delle istituzioni e dell'attività parlamentare, un'opera positiva diretta al raggiungimento delle conquiste democratiche compatibili con il monarcato; prima fra queste il suffragio universale, per il quale furono più tardi tenuti i cento comizi del 1880, ed il comizio de' comizi in Roma, nel febbraio 1881.

Per la prima volta il radicalismo ebbe forma e veste concreta di organizzazione nazionale nella «Lega della democrazia» costituita in Roma, sotto l'egida del prestigio di G. Garibaldi, il 21 aprile 1879, e da Garibaldi stesso annunziata all'Italia con un manifesto in data 26 aprile.

Il manifesto fu, dicesi, scritto da A. Bertani: del quale giustamente scrive L. Fera (l. c.) «Egli seppe e volle raccogliere l'impeto rivoluzionario popolare delle tradizioni mazziniane e garibaldine per disciplinarlo nel regime normale di libertà e per regolarne il moto traverso un sistema di istituti che progressivamente traducono i nuovi rapporti sociali ed economici».

Un comitato fu costituito nel quale figuravano i migliori nomi della democrazia militante: e della Commissione esecutiva, residente in Roma, nominata da esso, fecero parte: Bertani, Bovio, Campanella, Canzio, Cavallotti, Fratti, Lemmi, Mario, Saffi ed altri, oltre lo stesso Garibaldi.

Repubblicani, come il lettore vede, molti di essi; ma giudicavano dover oramai la repubblica, non essere imposta da faziosi artifici di rivoluzionari, sibbene esser gradualmente preparata, perchè potesse più tardi fiorire spontanea dallo sviluppo stesso delle istituzioni democratiche e della nuova coscienza di popolo che le andava facendo e vi si andava facendo dentro. Quindi collaborazione con uomini politici di altri partiti, di Destra anche, per il raggiungimento, via via, di queste riforme, e per assicurarne, contro pericoli varî, le condizioni essenziali. La tutela delle libertà, la difesa delle forze economiche del paese, alle quali bisognavano raccoglimento e parsimonia nelle spese pubbliche, contro i pericoli dell'espansionismo megalomane, gli inizi di una legislazione protettrice del lavoro, quando ancora il socialismo non era entrato nel giuoco dei dibattiti parlamentari, alcune poche riforme democratiche nell'amministrazione, furono il compito del partito radicale in quegli anni.

E Bertani, in quello stesso anno (op. cit.):

«Finchè la monarchia mostra di comprendere di essere stata per l'Italia quello che realmente fu, mezzo, cioè, alla sua ricostituzione, epperò dura nell'attitudine passiva che le conviene, non opponendosi al progressivo affermarsi della coscienza nazionale, nè si adombra della espressione che deve man mano acquistare quella sovranità, io non vedo ancora che gli interessi della patria esigano di staccarsene».

E ancora, G. Bovio:

«L'Estrema compie il suo ufficio: educando la coscienza nazionale, affinchè intenda la parte sempre crescente che le è dovuta nella funzione della sovranità. Tende al potere, perchè non è ascetica; ma vi tende in una evoluzione più larga, cioè non puramente parlamentare ma nazionale».

Ma la «Lega della Democrazia» ebbe breve vita. Il radicalismo era insidiato da due lati; dal fascino che conservava l'idea repubblicana verso la quale le delusioni amare che si ebbero dal passaggio del potere alla Sinistra storica risospingevano molti; e, dalla parte opposta, dalla conversione di molti—tipiche quelle di Giosuè Carducci e di A. Fortis—alla monarchia, reputata necessaria al consolidamento delle libertà e all'opera di riforma.

Nel celebre patto di Roma, del Congresso del maggio 1890, fu elaborato da Cavallotti e approvato dai convenuti un vasto programma di riforme immediate da propugnare: delle quali poi talune furono abbandonate, altre ebbero sanzione legislativa, altre, infine, e le più essenziali, rimangono come programma di domani.

Certo c'è qualche cosa di triste per i partiti di avanguardia, cioè idealisti, in questa degradazione storica degli ideali che si realizzano; e le ore meno liete nella vita di un partito e di un popolo sono quelle nelle quali consumano, senza rinnovarli, gli impulsi e le energie ideali del momento anteriore.

Ma questa è dura legge della vita. Chi vorrebbe amare l'idea solo perchè essa rimanesse nella chiusa bellezza della sua pura verginità?

Grande è il desiderio umano e raramente uno scopo, che pur merita di esser raggiunto, solleverebbe gli entusiasmi e spingerebbe ai sacrifici che la lotta richiede se esso fosse sin dal principio veduto nella concreta limitazione che gli eventi gli assegneranno. Ma della modestia dei risultati l'animo forte prende le sue vendette raccogliendosi e disciplinandosi per il compimento del dovere nuovo che emerge dal dovere compiuto.

Se, dopo la magnifica lotta dell'ostruzionismo, nella quale la Sinistra parve riacquistare coscienza di sè, il partito radicale cerca invano, ripetutamente, di riorganizzarsi e di avere una parte decisiva nella politica del paese, non per questo vien meno la sua importanza. L'Estrema sinistra, attraverso alla quale il gruppo crescente dei socialisti e il repubblicano intervengono, con una politica positiva e fattiva, nel giuoco delle forze parlamentari, fronteggiano i moderati ed impongono ai governi una politica democratica, è essenzialmente opera radicale. E ai radicali l'on. Giolitti sente il bisogno di rivolgersi quando vuol fare accettare dalla Camera riforme democratiche. E le vicende del ministero Giolitti provano come sia inefficace e quasi nulla l'opposizione dei due gruppi estremi, quando essi si scindono dal radicalismo o fanno da sè.

Il partito radicale oggi

Dell'appoggio dato a questo ministero il partito non deve in alcun modo pentirsi, poichè non mancò il risultato in vista del quale l'accordo fu stretto; e a due grandi riforme, il suffragio universale e il monopolio delle assicurazioni sulla vita, per tacere del resto, il partito potè legare l'opera e il nome.

E ciò è vero secondo l'antica e classica concezione dello Stato e della sua sovranità.

Ma noi vediamo in questa iniziata nazionalizzazione del servizio delle assicurazioni, come in altre iniziative industriali dello Stato moderno, non un processo di assorbimento da parte del potere pubblico e di limitazione delle attività libere e di burocratizzazione; sì bene, al contrario, un interiore processo di sviluppo della previdenza medesima e degli altri servizi sociali; i quali si organizzano e costituiscono in grandi sindacati, appropriandosi una parte delle attribuzioni dello Stato ed incorporandole in sè. Con che esse lo diminuiscono e lo modificano, nella sostanza, anche se pel momento sembrano subirne l'invadenza ed annientarne la pletorica pesantezza. E un segno evidente di ciò si ha nel nome; poichè non si parla di regie ferrovie e di regie assicurazioni, ma di ferrovie e di assicurazioni nazionali. Sono veri sindacati che, attraversando l'atmosfera Stato, si fanno il corpo e le forme giuridiche nuove.

Ma l'accordo vincola la nostra azione parlamentare, non limita la nostra propaganda. Io riconosco i meriti dell'on. Giolitti, i servigi che egli ha reso al paese, la moderazione con la quale usò del potere, il vantaggio della tregua interna che un periodo di gravi difficoltà internazionali rese necessaria, la fiducia del paese nella abilità dell'uomo, possibile. Posteriore a lui di una generazione, io ritengo che nella generazione alla quale egli appartiene lo si debba giudicare, tenendogli conto delle necessità di governo, e a questa generazione opporre una diversa e più alta concezione che noi abbiamo dei doveri dell'uomo di Stato e della democrazia, specialmente in quel che riguarda la libertà del mandato elettorale, così nelle origini come nell'esercizio.

Lottando per sè, per i suoi ideali, per una più chiara definizione dei partiti, per una ripresa di attività rinnovatrice, il partito radicale lotta per creare altre condizioni ed altri metodi alla attività dei partiti e dei governi. E se i più e i maggiori dei radicali, uomini, come Giulio Alessio, che non possono essere sospettati di opportunismo, hanno giudicato che non conveniva, alla vigilia delle elezioni, staccarsi dal governo, nè dar sì gran gioia a quelli che si sarebbero affrettati a prendere la parte di potere lasciata dai nostri, è dovere riconoscere la gravita delle ragioni che militano per questa condotta. Non fare quello che l'avversario vostro vedrebbe fatto con immenso piacere è ancora buona prudenza, quando un più diretto e sicuro criterio non soccorra.

Del resto, lottiamo oggi per la conquista del corpo elettorale; indichi esso le vie di domani.

Il radicalismo italiano fu adunque quello che doveva essere; la tradizione gloriosa del più puro idealismo del partito d'azione, che si fa via via politica positiva e realistica, secondo i tempi; l'organo più sensibile delle necessità di una politica di difesa e di sviluppi democratici; l'integrazione parlamentare dei partiti più estremi e il vincolo di unione fra essi e le maggioranze.

Io non l'esalto con questo oltre misura. Ombre e incertezze e transazioni e debolezze vi furono; ma la colpa fu innanzi tutto di tempi singolarmente avversi a ogni salda e nitida coerenza e continuità e personalità di partiti politici. Mancò alla vita italiana la passione politica, vigorosa e veemente, mancò quella che è condizione prima di ogni politica sana, la sincerità. La sincerità è chiarezza e costanza del vincolo che lega gli uomini alle cose, in politica. Poichè in questa l'individuo per sè non è molto; la pienezza del significato e del valore dell'opera sua è data dai gruppi di interessi, dalle tendenze e volontà di dominio alle quali serve. Ora per molto tempo, in Italia, per l'opportunismo che ha invaso tutta la nostra vita pubblica e per la difficoltà di distinguere e definire interessi, correnti e tendenze, uomini e cose hanno, si direbbe, seguito due vie diverse e ne è risultata una confusione indescrivibile. Avvocati intimamente borghesi per coltura per colleganze sociali per visione realistica della vita hanno preso, per aprirsi la via, l'etichetta socialista o repubblicana. I maggiori impulsi a riforme democratiche sono talora venuti da prudenti conservatori. Viceversa, le necessità economiche del proletariato giovano spesso ai fini di una politica reazionaria. Un deputato di estrema sinistra, per opportunità elettorali, diviene strumento di dominio politico nelle mani di un gruppo clericale o di un vescovo. Un nazionalista tresca, per diventar deputato, col partito che, per volontà del papa, è ostile, per definizione, alla patria. Il socialismo, frutto mirabile di una critica poderosa di tutti i dogmi del passato, diventa, nell'intransigenza, dogmatico e si chiude nelle sue teorie e, per preparar la rivoluzione, facilita la via alla reazione. Chi, in tali circostanze, ha il diritto di alzar la voce a condannare?

Un partito politico, diceva G. Bovio, è una idea che ha la sua antitesi. Dove l'antitesi langue, la tesi si attenua; dove gli animi son fatti incapaci di posizioni vigorose, i partiti si fiaccano e divengono imbelli; poichè una invincibile solidarietà li lega all'intiero processo dello spirito e della coscienza di un paese.

L'antitesi fondamentale

Ma giova tentare oramai questa «pericolosa» definizione del radicalismo. Il radicalismo è la politica del dover essere contro la politica stazionaria; è la democrazia che si fa, che diviene, la liberazione di quelli che sono ancora servi, una coscienza data alle forze sociali che non hanno ancora la loro espressione politica, la conquista dell'autonomia. Autonomia è la parola che potremmo oramai sostituire a quella vecchia e abusata di libertà; tanto vecchia e tanto abusata, che il partito moderato-clericale, in questo tentativo di ricostituzione che affatica anche esso, l'ha presa quasi a sua parola d'ordine, auspice e interprete recente l'on. Salandra.

La libertà era un programma radicale, quando appariva manifesto il nemico contro il quale, nell'ordine politico o economico o sociale, bisognava condurre la lotta per la liberazione degli oppressi. La Chiesa, organismo politico privilegiato, la mano morta, i piccoli sovrani per diritto divino, il potere politico patrimonio di una classe e chiuso alle categorie più umili e numerose, il potere esecutivo esorbitante dal suo ufficio nelle prevenzioni e repressioni poliziesche, questo il tiranno; e contro di esso si predicava e si promoveva la libertà. Vigili, per ogni conquista nuova, contro ogni insidia rinascente, i radicali. Esecutori, sotto la pressione delle forze nuove e di necessità politiche impellenti, i liberali di destra e di sinistra; fuori dell'agone, torbidi e minacciosi, nel nome del Sillabo, i clericali, aspettanti la vendetta divina e la restituzione del potere temporale al papato.

Oggi quei nemici, esterni, visibili, quei limiti imposti dal di fuori, quei poteri reclamanti una origine altra che la sovranità popolare non esistono più. C'è, sola, come vedremo, la Chiesa; ma con tattica mutata.

Eppure chi oserebbe dire che la libertà è conquistata per tutti, se essa è possesso di sè e se tanti sono posti dalla superstizione, dall'ignoranza, dalla miseria, in balia di chi ne ha in mano le coscienze, l'opera, il voto? Chi non vede che, dove ogni potere dispotico e dominio sui servi è abolito legalmente, esso ripullula spontaneo nella esorbitanza della forza dello Stato, nel giuoco delle camarille e clientele, nella stessa intolleranza dogmatica dei partiti, là dove sono turbe di uomini incapaci di autonomia, spiritualmente estranee ed inferiori ad ogni opera, di governo autonomo, e quindi bisognose di padroni, per muoversi ed agire? La libertà è spiritualità che opera sulle forme e sugli istituti sociali; e questi son sempre in arretrato per le coscienze più generose, in anticipazione per le coscienze pigre e sonnolente e servili. E dove la libertà è raggiunta e signoreggia da tempo, chi oserebbe dire che alla sola nozione di diritto che essa suggerisce ed integra, non se ne debba oramai aggiungere un'altra, quella di dovere, di responsabilità, di funzione utile, di coesioni sociali più vaste e più salde?

Vi ho detto che radicalismo è la democrazia come farsi, non come fatto. La democrazia, come fatto, è il partito liberale, equilibrio instabile, opportunità, trasformismo: che qui ricalcitra, là concede, che oscilla fra il passato e il da fare, fra il vecchio e il nuovo. La negazione immanente della democrazia, nel mondo moderno, è la chiesa e il clericalismo. L'affermazione, egualmente immanente, pungente, assillante, è il radicalismo.

Ricordate le origini della democrazia e il suo sviluppo. Essa rumoreggia nel medio evo con l'eresia, utopia libertaria e comunistica, affranca le coscienze della teologia medioevale con l'umanismo e col Dio immanente di Bruno, si svincola dal papato con la riforma, si costituisce un sapere autonomo con la scienza positiva, elabora lentamente, da Bruno a Hegel e ai continuatori di lui, la concezione nuova della vita sociale: la dottrina dell'umanità, e delle sue esigenze insopprimibili in ciascun uomo, della relatività delle leggi o delle istituzioni sociali, della sovranità dello spirito umano sulla sua storia, della attività creatrice dell'autocoscienza. L'uomo moderno non accetta, non subisce, ma fa e pone; le leggi e gli istituti sociali sono condizioni date non norme; la norma egli la porta con sè nel suo spirito, e alla scorta di essa fa, o meglio rifà perennemente, nelle condizioni date, la sua storia.

Questa è la sovranità democratica, sovranità non di molti o di tutti, non del numero, ma dello spirito, della ragione, della volontà consapevole; in una parola, dell'autocoscienza. La sete, che è in tutti, di riforme, l'incessante estendersi delle facoltà e delle attività politiche, individuali ed organizzate, sono appunto dovute a questo senso acquisito che la società e la storia sono perennemente da fare e da rifare. Il farsi della democrazia è in queste due forze: l'ascensione di ogni individuo umano alla pienezza della personalità umana, la collaborazione, la coesione, l'unità sociale affidata all'efficacia spontanea di interessi consaputi, di tendenze spirituali, di norme accettate con libera adesione interiore.

Questa concezione fondamentale vi permette di interpretare e di graduare nella loro successione dialettica e storica tutte le dottrine e tutti gli sforzi democratici. La proclamazione del diritto dei singoli, delle libertà, dà il primo periodo storico e costituisce il primo momento della democrazia; ma questo, non corretto da un pensiero ulteriore, finisce nell'individualismo sfrenato e nelle rinascenti tendenze egoarchiche ed autoritarie. La proclamazione del dovere, delle responsabilità e degli uffici sociali, integra il concetto di libertà, con quello di funzione e apre il passo a una concezione nuova e più intima delle autonomie collettive, della organizzazione dei fini, dello Stato medesimo.

Da questa posizione di criterî direttivi emergono chiare alcune conseguenze che è opportuno ribadire. Il liberalismo, la destra e la sinistra che, perduto il loro primo significato, divengono aggruppamenti mutevoli per la conquista del potere, la democrazia come fatto, vi danno una situazione ambigua, un oscurarsi delle differenze sostanziali, una contraddizione permanente e affannosa, un tentativo assiduo ed opportunistico di equilibrio; vi danno il trasformismo e il giolittismo, gli ultimi quaranta anni di politica italiana. Con la democrazia sono accettati i principî che la fecero, ma viceversa essi son negati quando se ne nega l'ulteriore sviluppo. E poichè il corpo sociale non si arresta, e una logica delle cose, più forte delle volontà degli uomini, pone problemi nuovi e ne matura le soluzioni, si accettano le soluzioni mature, ma come necessità, per istinto di difesa più che di progresso, e quindi con il concorso promiscuo di democratici, accettanti il progresso, di conservatori, mossi dall'istinto della difesa. Dai principî accettati, per es. da quello dello Stato laico, si è indotti a prender posizione contro i clericali; ma, viceversa, dalla ripugnanza ad applicare quei principî alle necessità e ai doveri emergenti si è indotti ad appoggiarsi ai clericali, a lasciarne ricostituire l'organizzazione politico-ecclesiastica e ad assecondarne le pretese. Per governare, si ricorre volta a volta agli uni e agli altri, coltivando amicizie nei campi opposti, stemperando i partiti nell'opportunismo, impedendo alle tendenze politiche opposte di polarizzarsi e di scendere in campo ad armi aperte.

Di qui le tentazioni e l'opportunità per il partito radicale, di profittare, a volte, di questa tendenza dei partiti medi verso riforme ritenute necessarie per governare; ma insieme il dovere di non esaurire nelle opportunità la sua azione, di non ucciderla nell'opportunismo; di opporre ai facili doveri degli adempimenti l'austero dovere della preparazione per i compiti di domani. Il senso vigile di questo rompe gli accordi degeneranti in rinuncia e rinnova i contrasti.

Democrazia e demagogia

Questo che siamo venuti dicendo ci dispensa dall'esame delle molte critiche e censure e biasimi che sono stati mossi alla democrazia da gruppi estremi di destra e di sinistra. Tali biasimi, se muovono da destra, p. es., dei nazionalisti, vanno piuttosto a colpire le esagerazioni demagogiche; se da sinistra, le attenuazioni e gli infingimenti e le soste.

Ma della demagogia, che è la maschera, e la calunnia della democrazia, ci conviene ancora dire qualche parola.

Tre, fra le molte varietà di essa, distingueremo. La prima è, diremmo quasi, la malattia professionale dei grandi sindacati operai e di chi lavora a costituirli. Non ostanti le parentele, il sindacalismo è, nella sostanza sua, dottrina diversa dal socialismo, cozzante anzi con esso in quanto mira a ricostituire le classi ed a ricomporre sulle basi di queste l'unità sociale e politica, sminuzzata e frantumata dall'individualismo della rivoluzione francese. Corporazioni, unioni professionali, sindacati sono forme di associazioni e di attività collettiva che riguardano, non certo i soli operai salariati, ma le più varie professioni ed uffici sociali, ed, in luogo di unificare lo sforzo proletario, come voleva Carlo Marx, tendono ad articolarlo e differenziarlo, dando alle varie categorie di lavoratori il senso vivo di interessi diversi e talora antitetici.

Per impossessarsi del movimento e dirigerlo, i socialisti hanno dovuto sovrapporre artificiosamente al programma dei singoli sindacati un generico e ambiguo rivoluzionarismo che li tenesse ancora associati, nella lotta contro il capitale e lo Stato. Espressione di questo rivoluzionarismo è il mito dello sciopero generale, attraverso al quale, arrestando di un tratto il funzionamento dell'attuale economia capitalistica, si passerebbe alla presa di possesso, da parte dei sindacati, degli strumenti di lavoro e del governo della società.

Un esempio tipico di questo demagogico confusionismo si ha nella C. G. T. francese e nei mezzi violenti predicati ed insegnati da molti socialisti per saboter la produzione capitalistica e i servizi pubblici. In Italia esso fermenta e sussulta a tratti nelle grandi città.

Un'altra forma di demagogismo, la quale si allea volentieri con questa prima, è il rivoluzionarismo fatto di reminiscenze e di sentimento, eredità delle rivoluzioni politiche, da quella del 1789 in poi, per il quale si pretende applicare alla rivoluzione sociale i metodi, appunto, delle rivoluzioni politiche. Pareva che il 1898 avesse liberato il nostro paese dal vagheggiamento e dal timore di simili minacce; ma esse son come una malattia di crescenza di una democrazia sociale immatura e irrequieta. Le riforme politiche attuate dalla borghesia hanno reso possibile a qualunque gruppo sociale di aspirare a quel maggior potere che si esplica nella conquista dello Stato; non c'è idea nè partito nè gruppo di forze il cui successo non possa subito tradursi in potere politico, per la via degli organi rappresentativi. In fatto, la violenza—le sommosse e la rivolta— apparisce di quando in quando nella società nostra o come esasperazione di conflitti di interessi o di scioperi sorti e svoltisi nei limiti della legalità, da parte di chi si sente mancare il successo, o come tumulto di masse non ancora impossessatesi dei diritti civili.

C'è, infine, una terza forma di demagogismo, la più comune ed anche la più superficiale: quella che serve agli arrivisti per commuovere e guadagnare le masse, per eccitare una folla, per trar partito da una coscienza politica di classi ancora immature, per sfruttare la mobilità e l'impazienza e le collere della fanciullesca anima popolare. È, alla Camera, il discorso politico e il gesto che ha in vista soltanto l'impressione da far sulle masse; è, nei comizi, l'oratoria vuota, veemente, rotonda, confusionaria; è l'arte di lusingare le passioni popolari, di eccitare le fantasie, di alimentare le illusioni e di volger la collera delle delusioni contro avversari fantastici.

Da queste varie forme di demagogia il radicalismo deve serbarsi immune; ed in ciò starà la sua forza.

Esso che la cura degli interessi e dell'educazione dei lavoratori compone nell'armonia di una più vasta visione degli interessi sociali, che nei sindacati riconosce ed apprezza i nuclei vivi e vitali di una nuova organizzazione della società democratica, che non eleva l'ordine costituito e il diritto vigente a pregiudiziale contro qualsiasi nuova conquista sociale e giuridica, deve saper dominare i moti popolari e dirigerli a fini positivi, verso una più alta giustizia.

E deve rifuggire dalla così frequente e così dolorosa illusione, largamente distribuita al popolo dai demagoghi, che per rinnovare si richiede solo lo sforzo violento delle masse e del popolo contro chi è in alto; mentre solo sono durevoli e feconde le conquiste alle quali corrisponda una cresciuta maturità e virilità delle classi che debbono compierle.

Radicalismo e socialismo

Quella posizione media d'un liberalismo oscillante ed ambiguo, della quale ho parlato, potè lungamente prevalere in Italia e impaludare nell'opportunismo la vita parlamentare per le difficoltà nelle quali, per diversi motivi, vennero contemporaneamente a trovarsi le due opposte frazioni: la clericale e la radicale. La prima, per il non expedit, era in parte fuori della vita pubblica e non poteva quindi spiegare in questa a suo agio le tendenze native; essa occupava la sua parte nel potere politico quasi per delegazione.

Il radicalismo si trovò invece sopraffatto e disorientato dal sorgere e rapido crescere del partito socialista. E dirò qui cosa che sorprenderà molti ma che pure sarà riconosciuta come vera da chi ha inteso quel che poco anzi dicevamo della democrazia e che, accettata, molti fatti spiega ed ha nella spiegazione di essi la riprova della sua verità. Il movimento socialista non è al di là del radicalismo, ma è essenziale esplicazione di questo; esso non ha realtà vera ed efficacia pratica se non in quanto coincide con la democrazia, intesa nel suo più ricco e profondo significato dinamico; all'infuori di questa e contro questa, stagna nel suo sistema chiuso, dogmatizza, si esaspera in un rivoluzionarismo inconcludente, può perfino finire con l'essere presidio della reazione ed aprirle la via, come fu con lo sciopero generale del 1904.

Come, infatti, il socialismo giuridico fu ulteriore applicazione dell'eguaglianza proclamata nell'89, il socialismo scientifico, mirabile moto di rivendicazioni proletarie ed umane, fu l'applicazione del principio democratico dell'autonomia e della sovranità dello spirito umano sulla storia alla attività politica incipiente delle classi lavoratrici; nelle quali esso accese l'autocoscienza, la consapevolezza di ciò che erano come forza produttrice, del servaggio nel quale l'ignoranza e la miseria le avevano trattenute, e insieme la volontà dello sforzo liberatore. Questa è l'anima viva del marxismo; le condizioni economiche dei lavoratori, lo sviluppo dei mezzi tecnici e dei rapporti di produzione, il costituirsi della borghesia capitalistica, colti e osservati nell'immediatezza del loro essere vero, nell'intimo processo della complicata realtà sociale, nel continuo concretarsi e sorpassarsi dello spirito, di negazione in negazione, di posizione in posizione, di sintesi in sintesi, nei rovesciamenti della praxis; ed insieme l'inserzione, in questa grande massa proletaria, di una coscienza e di una volontà nuove.

E punto di partenza di questo grande moto fu la coscienza creata nelle masse della loro situazione di servaggio economico; sentir questa profondamente e dolorosamente non più come individui presi nell'ingranaggio di un insuperabile fatalismo sociale, ma come classe, capace di insorgere, di ribellarsi, era già un opporre alle cose la propria volontà, un liberarsi interiormente; vedere tutta la storia come un complesso di rapporti economici, era un rendersi nella consapevolezza e nel proposito padroni della produzione, un collocarsi al centro della storia, una volta che di contro a quei rapporti economici se ne affermavano vigorosamente degli altri, radicalmente rinnovatori.

E dentro a questa verità psicologica e prammatica c'era un'intima verità filosofica, che il marxismo traeva dall'eghelianismo: che la realtà è innanzi tutto spirito, la storia dialettica dell'idea, e che quindi ciascuna singola coscienza umana, vedendo se stessa come coscienza e come spirito, usciva dalla necessità per collocarsi sul terreno della libertà, dalla dialettica subìta per passare alla dialettica operante, dalla servitù per essere assunta al dominio. E chi non vede, pur nelle inevitabili esagerazioni, questa grandezza ideale del socialismo, non ha inteso nulla della storia degli ultimi due secoli.

L'impeto polemico portò la dottrina, sorta tra le battaglie, a chiudersi nelle esagerazioni del punto di vista proletario; ma la saggezza dialettica di due mirabili ingegni, Marx ed Engels, approntava le correzioni e suggeriva vedute più larghe. La revisione del marxismo ha ricondotto il socialismo alla democrazia; o meglio, ha corretto con i principî democratici le esagerazioni polemiche e le espressioni mitiche del socialismo sorgente. E oggi i socialisti riformisti sono dei radicali perchè il moto proletario si è composto nel più vasto processo della democrazia che si fa e diviene, del quale è idealmente una derivazione e praticamente un aspetto; mentre il socialismo intransigente ci si presenta oggi come una ribellione contro la realtà riformistica, per la teoria rivoluzionaria.

Di qui, nel socialismo mussoliniano, l'andatura dogmatica e chiesastica, l'intolleranza, il dispregio per il contenuto reale delle riforme democratiche, la rivoluzione come letteratura, la preparazione a freddo dello sciopero generale e di giornate di sangue, e sino, indice certo dei risultati che si minacciano, le confessate preferenze per la reazione; di qui ad esso le mal celate simpatie di quanti sanno che mettere il socialismo contro il radicalismo significa spezzare lo sforzo democratico, impedire al partito radicale la sua essenziale funzione, che è quella di raccogliere in un fascio, contro la reazione, le forze di avvenire, per organizzare e preparare una democrazia di governo; di qui, negli imminenti comizii, lo spettacolo, ad es., di una candidatura di Zibordi contro Bonomi, di Montemartini contro Cabrini e le polemiche ardenti di socialisti contro socialisti.

E questo intimo dissidio della democrazia, questo antiradicalismo che è così grato spettacolo agli occhi dei clericali, avviene proprio mentre dall'altra parte due fatti si compiono: la discesa in campo aperto del partito clericale, rotti gli argini del non-expedit, e la mobilitazione, mediante il suffragio quasi universale, del lumpen proletariat, delle riserve analfabete ed ignare della reazione. Quale demone maligno e beffardo susurra all'orecchio dei dirigenti il partito ufficiale i suoi perversi consigli?

E la colpa maggiore è forse di quei riformisti sinistri che l'inerzia morale e il timore di perdere i suffragi delle masse organizzate han fatto prigionieri dei rivoluzionari e divisi, in un'ora solenne e decisiva, dal socialismo bissolatiano, onesto e coraggioso tentativo di realistica democrazia.

Democrazia e anticlericalismo

Certo un esempio dell'illanguidirsi dell'idea e del temperamento radicale si ha nell'abbandono in cui fu lasciata la questione della laicità. Se, da una parte, il radicalismo italiano era stato disarmato dalla assenza dei clericali dalla lotta politica, dall'altra, associandosi nell'Estrema sinistra socialisti e repubblicani, esso dovè un poco subire l'unilateralità del programma pregiudiziale di queste frazioni. Ma più importante motivo è l'aver esso partecipato a quel profondo disagio e malore spirituale che aveva preso, negli ultimi decennii, tutta la borghesia italiana; e intendo borghesia non nel significato economico ma in quello di classe dei colti e dei dirigenti, inclusi quindi gli intellettuali del socialismo medesimo.

Poichè, se io mi son bene spiegato, voi intenderete che radicali si è non per la semplice accettazione dei principî democratici e della loro dialettica viva nella storia, ma sì per la calda ed energica volontà operatrice; per le fedi e gli entusiasmi e le intuizioni precorritrici e le audacie di un vigoroso partito di azione. E partito di azione si chiamò, nelle origini e nel periodo eroico, il radicalismo; quando uomini di fede ardente, nella cui vita pura e operosa si rivelava la dedizione a un ideale, uomini come Mazzini, Bovio, Saffi, Mario, Abba, Imbriani, erano ritti in armi contro il presente, e disdegnavano compromessi e opportunismi, battagliando per l'avvenire.

E dove sono caratteri integri e fedi ardenti, quivi la questione religiosa è sentita; poichè religione è il culto sincero ed eroico degli ideali della vita. E quando le fedi si stemperano e la volontà si infiacchisce e i combattenti di ieri si lasciano lusingare dai riposi del facile comando e del potere, allora i problemi religiosi sembrano quisquilie di preti e di follaiuoli, perchè langue la lotta per la conquista delle coscienze, per la suscitazione delle fedi nuove. Con il sacerdozio si trova in lotta vera ed assidua solo chi vuol destare e liberare coscienze e suscitar fedi e entusiasmi.

Così, mancando l'interessamento, mancò la critica e la revisione di dottrine e la consapevolezza di situazioni e deduzioni nuove che ne è l'effetto; e l'anticlericalismo divenne luogo comune e diatriba e dimostrazione di folla; fu fatto a sproposito, e senza che alcuno sapesse o dicesse chiaro quel che si voleva. Pochi giuristi studiosi ed insigni raccoglievano, inascoltati, l'eredità gloriosa dei loro antecessori.

Nella prassi, la concezione del clericalismo e dei mezzi di fronteggiarlo fu rinnovata da un moto, prima interno al cattolicismo, poi dai dominatori di questo cacciato fuori e condotto a cercare altrove il suo punto d'appoggio, dal modernismo. Blaterino a lor agio i saccenti ignari che nelle pieghe dell'anima corrotta e venale celano una spontanea simpatia per il prete politicante: io sostengo, non più solo nè inascoltato, che il modernismo religioso, nel suo aspetto politico e nelle sue applicazioni alla politica delle fedi e delle Chiese, era ed è il più autentico radicalismo.

Il modernismo, infatti, non è eresia, non dogma contro dogma, nè chiesa contro chiesa; esso è, nel campo religioso, quel medesimo processo di autocoscienza che abbiamo veduto compiersi nella borghesia, con i grandi moti del razionalismo e del romanticismo, e nel proletariato per opera del socialismo scientifico. Rinnovando dall'interno il fervore religioso e considerando le religioni nel processo delle concrete formazioni storiche, esso ha staccato dalla coscienza cattolica il vecchio dogma e la vecchia gerarchia, che vi aderivano come incrostazioni soffocanti, ed ha colto le religioni nella interna dialettica della praxis che le suscita e le rovescia. Il modernismo non nega, ma spiega; non distrugge ma risolve i dogmi, perchè trova in essi una verità relativa e provvisoria e li riconosce simboli e miti già suscitatori di energie; non distrugge ma smonta l'organismo ecclesiastico, perchè lo ritiene strumento fatto dagli uomini, ma destinato, come tutte le istituzioni sociali, a subire la sovranità riformatrice ed innovatrice dello spirto. Non dice agli uomini: voi dovete non creder questo o creder quello, disertare le chiese o le sinagoghe o le logge; ma dice: qualunque cosa voi crediate, qualunque chiesa vi piaccia, voi dovete credere liberamente, fare delle vostre fedi l'espressione sincera della vostra vita morale e, se la fede è in voi la più intima parte di voi, difenderla gelosamente contro ogni intromissione o sopraffazione, ma insieme rispettare—non solo tollerare—le fedi degli altri, perchè esse sono la stessa coscienza loro. In religione il modernismo non ha che un nemico: l'ipocrisia; e l'ipocrisia, cioè, non una fede, ma l'assenza di una fede e la simulazione e l'imposizione di essa, l'abuso della religione ingenua e esteriore a scopo di dominio, questo esso combatte nel clericalismo.

Ora che cosa altro è la laicità, principio e programma del radicalismo, se non appunto ed esattamente questa dottrina modernista? Se per aver lo Stato laico si dovesse attendere di aver proscritto i cattolici, o fatto tutti i cittadini di una fede, o tutti egualmente senza fede, lo Stato laico sarebbe da attendere per l'anno tremila e si dovrebbe andare verso di esso rinnovando sopraffazioni e persecuzioni di esecrata memoria. Solo di liberi credenti—ed uso questa parola così che essa si applichi ad ogni coscienza, poichè nessuna coscienza umana c'è o può esserci la quale, se cerca sè stessa e la libertà, non ponga a sè i fini e le norme supreme della vita, velate di una nube eterna, ma scintillanti di folgori, mediante la fede—solo di liberi credenti può risultare lo Stato laico; collaborazione serena e cordiale di uomini che l'intimità loro vogliono immune da violenze e passioni di parte o privilegi e coazioni di poteri pubblici, contenti di derivarne la fiamma di un comune ideale civile.

Programma pratico di laicità

Il programma pratico, in materia di laicità, deriva facilmente dalla concezione di questa, che io ho esposto: lotta, con ogni mezzo consentito dalle leggi, contro ogni forma di organizzazione ecclesiastico-economica ed ecclesiastico-politica; obbligo alle istituzioni di convivenza e di educazione clericale di rispettare le leggi; uso consapevole dei mezzi e modi di intervento che, a sua difesa, lo Stato volle conservare, negli affari ecclesiastici; riordinamento della proprietà ecclesiastica, amministrata oggi dallo Stato ma vuotata in gran parte di quei fini sociali utili che soli lo Stato protegge; educazione di Stato, dalle elementari all'Università, intieramente e sinceramente laica, abolizione della legge delle guarentigie. Quanto al catechismo nelle scuole, noi non possiamo consentire all'on. Giolitti che il pensiero e il programma dello Stato moderno nella più delicata delle sue funzioni, che è la scuola primaria, sia composto, luogo per luogo, dal sindaco, dal maestro e dal ragazzetto; mirabile concilio di pedagoghi, contro la cui sentenza non c'è appello.

Nell'opuscolo L'Italia aspetta, A. Bertani scriveva:

«E vogliate la liberazione sociale da ogni ingerenza del clero nella pubblica istruzione. Generalizzate, vogliate, imponete la scuola comune, laica, ed avrete debellato ogni influenza della Chiesa nell'ordine civile. La legge comune basti per tutti, senza guarentigie che stabiliscano due monarchi, due qualità di sudditi, due poteri».

E nel 1875 egli aveva svolto alla Camera un suo ordine del giorno chiedente l'abolizione della legge delle guarentigie, con sereno spirito di libertà, ritenendo che la legge comune dovesse bastare anche per il papa.

Al riordinamento della proprietà ecclesiastica lo Stato, come è noto, aveva preso impegno di provvedere nella legge delle guarentigie. Esso pareva allora urgente, ed oggi nessuno vi pensa, talmente si è smarrito ogni desiderio di azione o criterio prammatico in tale materia. Senza affrontar qui il complesso problema, sul quale dovrei ripetere cose già scritte, mi basterà accennare ad un provvedimento per il quale molte buone ragioni militano, contro il quale nessuna difficoltà seria può essere addotta—salvo per quel che riguarda i modi di esecuzione—e che le speciali condizioni dell'erario renderebbero oggi opportunissimo: la alienazione e conversione in rendita della proprietà terriera che è parte cospicua del patrimonio degli enti conservati. Le parrocchie—per questa sola operazione—non perderebbero economicamente nulla, poichè avrebbero in titoli di rendita quel che oggi hanno in terre, e ne guadagnerebbe la spiritualità del loro ministero, la quale è dalla Curia di Roma così spesso e volentieri sacrificata ai suoi interessi di dominio terreno; lo Stato intascherebbe il mezzo miliardo (certo non meno; probabilmente assai più; e la colpa dell'incerta previsione non è nostra, ma della scandalosa assenza di qualsiasi dato statistico sicuro) che quei beni valgono, e potrebbe provvedere al gravoso onere tributario lasciatoci dalla guerra libica senza altro peso che quello dei diciassette milioni e mezzo annui di interesse; onere il quale potrebbe essere notevolmente ridotto dalla soppressione economica di talune categorie di beneficî maggiori e dalla perequazione delle parrocchie.

Inutilmente io ho fatto la proposta alla Camera; inutilmente ho pregato taluni dei maggiori uomini della democrazia di dare ad essa l'appoggio della loro autorità. I tempi (cioè le volontà degli uomini) non sono maturi, neanche per una così modesta operazione finanziaria, della quale la vecchia Destra, quando ancora non c'era l'uso di conteggiare nell'ombra i voti dei preti, non si sarebbe certamente spaventata.

Le due concentrazioni

Dalla politica ecclesiastica, adunque, intesa come politica delle chiese e delle fedi, modernista perchè diretta a svincolare lo Stato da ogni forma di confessionalismo e di complicità confessionale e le coscienze da ogni forma di soggezione supina e servile a vecchi credo e istituti, il nuovo partito d'azione prenderà le mosse, ritemprato nel suffragio universale, per un nuovo ciclo di feconde battaglie. Come intorno al partito clericale, a destra, si raccolgono le forze di stasi e di reazione, perchè solo esso possiede una dottrina e una tradizione essenzialmente antidemocratiche, così intorno al partito radicale si raccoglieranno, vinte le pregiudiziali e le secessioni, le difese della democrazia militante e conquistatrice.

E come dall'una parte si va ricostituendo la sovranità effettiva del papa, con i poteri assoluti dell'assistente ecclesiastico nelle organizzazioni economiche—e lo dimostrava testè limpidamente Leonida Bissolati—col dominio del vescovo nelle Unioni popolare e sociale ed elettorale, con le imposizioni formali ai deputati che dei cattolici sollecitano i voti, così dall'altra parte, a sinistra, è necessario ricostituire la sovranità popolare, indice e pratica della sovranità dello spirito umano, perennemente creatore, sulle istituzioni sociali. Ed è da desiderare che, nella nuova legislatura, le due sovranità incompatibili e nemiche, quella del papa e quella del popolo, si schiereranno, vinte le confusioni e le ambiguità opportunistiche, nettamente l'una incontro all'altra.

Questo senso della sovranità dello spirito, e del dio interiore che Fichte vide ascendere con esso, sulle istituzioni sociali, solo nel radicalismo, giova ripeterlo, è conservato integro e puro. Poichè il socialismo ufficiale lo esalta bensì applicandolo al proletariato, grande schiera di oppressi vendicatori, ma lo diminuisce, poi, limitandolo ad esso, che non è tutta la società degli oppressi, e all'economia, che non è tutta la storia. E lo esalta il partito repubblicano, chiedendone una più diretta espressione nelle costituzioni civili, ma lo diminuisce a sua volta non intendendo che il monarcato fu ed è e può essere ancora istituto democratico, sinchè alle ascensioni democratiche non si contrappone, ostacolo e barriera, ma anzi le seconda e le garantisce contro il pericolo che viene da coscienze immature e dall'invidia del costante nemico. Intendere e vedere il monarcato come strumento anche esso, al pari di ogni altra forma costituzionale,—non populus propter regem, sed rex propter populum—di vita, di armonia e di progresso sociale, questa è autentica democrazia, la quale giustifica oggi la lealtà monarchica dei radicali, come giustificherebbe domani, mutate le condizioni, l'insurrezione repubblicana; astrarre dalla realtà concreta e oggettivarlo e farne un istituto estraneo alla dialettica della prassi—fosse anche per combatterlo e rovesciarlo—è eccesso ed errore di frazioni mal vive, inacidite ed irritate dall'ostilità di eventi che esse non seppero dominare.

La trasformazione dello Stato

Ho cercato di delinearvi, sin qui, il partito radicale e il radicalismo come tradizione e concezione generale della vita e tendenza politica; e di dire in che cosa esso differisce dalle altre frazioni e gruppi e scuole politiche presenti.

Ma ad un partito di avvenire e di governo insieme—e in questo essere il radicalismo partito di avvenire e di governo a un tempo è la sintesi di quanto abbiamo detto— conviene chiedere qualche cosa di più; sapere quali precisi compiti di riforma assegna alla sua prossima attività di partito parlamentare, sia esso all'opposizione o al governo.

Poichè lo stesso compito dei partiti di opposizione, che già parve così facile, dovendo esso limitarsi alla critica di ciò che gli altri facevano, è difficile in un periodo, come questo, di transizione, nel quale un partito moderato esiste anche esso come tendenza diluita e diffusa, non come preciso proposito di governo. Sicchè ai partiti di avvenire incombe l'onere di creare in qualche modo, da che le occasioni non la offrono, la ragione del dissenso e del contrasto politico.

E questa vi sarebbe nell'anticlericalismo, come abbiamo detto. Ma l'anticlericalismo, la ripresa e la prosecuzione della lotta per la libertà religiosa e la laicità dello Stato, non può essere da solo programma di governo; deve essere anzi, secondo che ho detto, quasi il nucleo centrale e lo spirito animatore di tutto un fecondo moto di rinnovantesi e rinnovante democrazia.

C'è una parte, sempre ripetuta e sempre rinviata, del programma radicale, la quale può forse essere per noi la freccia indicatrice, in questa nuova ricerca: il decentramento, la tutela e l'incremento delle autonomie locali, le riforme dell'amministrazione statale centrale, della burocrazia; formidabile groviglio di difficoltà che il nostro partito sentì sempre, ma contro il quale non ha osato ancora, cimentarsi, se pur qualche volta non ha contribuito ad aggravarlo ed accrescerlo.

Poichè non solo esso vide venire alla tribuna legislativa innumerevoli proposte di incremento di burocratici, di complicazione degli organi della pubblica amministrazione senza quasi muover lamento; ma appoggiò e favorì le richieste degl'impiegati, subì, salendo e partecipando al governo, il sistema d'invasione perturbatrice del potere legislativo nel campo dell'amministrazione, di questa nel campo della vita locale.

Sono stati aumentati in questi ultimi anni gli stipendi di tutte o quasi le categorie dei funzionari dello Stato. Ed era giusto; e non si è ancora fatta ad essi una posizione conveniente: ma ogni aumento di stipendi si aggiungeva a un aumento di organici, e le due cose parvero quasi una sola.

Le attività e le funzioni dello Stato crescono, e cresce anche per questo verso la burocrazia. Talora si provvede con amministrazioni autonome, come nel caso delle ferrovie o delle assicurazioni vita; ma, in questo caso, tali amministrazioni si burocratizzano; sicchè, in sostanza, viene a esser la stessa cosa.

Delle due, dunque, l'una: o sbagliava la democrazia quando essa intravedeva nel moltiplicarsi ed estendersi degli organi dello Stato un pericolo per la vita pubblica e, ad ogni più solenne affermazione del suo pensiero, tornava ad iscrivere il decentramento fra i suoi postulati fondamentali; ovvero essa non è ancora riuscita a vedere chiaro, nè l'istinto, sicuro ma impreciso, a tradursi in proposito consapevole.

Io credo che questa seconda cosa è la vera.

L'amministrazione centrale, già così mastodontica, così lenta nel lavoro, esigente nelle rimunerazioni, complicata nei controlli, si accresce ogni giorno, centralizza sempre più, escogita, come rimedio ai mali dai quali è afflitta, nuovi controlli e nuove complicazioni, riuscendo così ad aggravare, nell'insieme, il male. Pesa sempre più sulle amministrazioni locali, alle quali resta ancora una larva di autonomia, trasformandole in altrettanti uffici burocratici. Vincola a sè più strettamente il potere esecutivo, via via che, attenuandosi le divisioni di partiti, il Ministero non è più governo di un partito, ma partito del governo contro gli uomini che gli dispiacciono; ed essa gli rende servigi politici ed elettorali.

E la burocrazia si attribuisce una parte sempre più larga del potere legislativo, non solo preparando le leggi complicatissime, nelle quali le due Camere male riescono a veder chiaro, ma dando una crescente importanza effettiva ai regolamenti, che son leggi sovrapposte alle leggi.

Ma c'è qualche cosa di fatale in questo crescere dei poteri dello Stato e delle attribuzioni dei suoi organi esecutivi; e la democrazia non ha ancora trovato un punto di appoggio per far forza contro questa crescente invadenza, per contenere e limitare la burocrazia con altre forze, organizzazioni ed espressioni d'interessi, che sieno fuori dello Stato e delle sue presenti delimitazioni amministrative, e che possano domani, rompendo queste delimitazioni, entrare più efficacemente nel giuoco della vita pubblica e ristabilire l'equilibrio.

E da ciò la debolezza, in questi ultimi tempi, dei partiti della democrazia estrema: del socialismo ufficiale che, dall'avvertito dissenso fra i miti originarii e la realtà dei processi sociali tenta di liberarsi rigettando la colpa su questa realtà e rifacendosi rivoluzionario; e dei partiti positivi e realistici di riforma (radicali e socialisti riformisti) che, non vedendo ancora le linee di una larga ed organica ricostituzione sociale, si attardano nell'esame di piccole riforme, non atte a distinguerli dai partiti medi ed a farne leva e strumento di profonde trasformazioni.

I sindacati

E tuttavia questo punto di appoggio c'è. Non sono i partiti, i quali hanno essi stessi bisogno di essere risanati e fatti forti contro la burocrazia. E non sono le regioni, alle quali spesso si pensa quando si tratta di decentramento, più per reminiscenze letterarie che per chiaro intuito politico.

Se lo Stato burocratico è forte, perchè è esso solo una colossale organizzazione, mentre ogni altro vecchio vincolo di coesione sociale si va disgregando, fuori di esso e sovente in lotta con esso, noi non vediamo che un altro vincolo di coesione, la comunità d'interessi professionali, la classe, il sindacato.

I sindacati—preghiamo il lettore di non confonderli con il sindacalismo rivoluzionario, dottrina in uso di un solo sindacato—iniziano un processo di reintegrazione organica della società. Essi empiranno della loro storia il secolo XX.

Creeranno delle coesioni così salde da poter vittoriosamente resistere alla burocrazia che ne è gelosa, modificare lentamente la generica e metafisica rappresentanza politica in disciplinata e positiva rappresentanza d'interessi. Non annulleranno lo Stato, perchè avranno anche essi bisogno di rappresentanze collettive, della nazione, unità etnica, giuridica, economica, di uno strumento di equilibrio e di sintesi; ma ne limiteranno le funzioni, ponendolo dinanzi, non ad innumerevoli atomi dispersi, ma ad un numero non grande di potenti organizzazioni nazionali.

Il sindacalismo teorizzato per uso e consumo degli operai rivoluzionari non vede che una classe, di fronte all'affermata e postulata compagine del blocco borghese; e assegna ai sindacati un compito di resistenza e di lotta che ci rinvia a nebulose palingenesi remote e dal quale mal si trarrebbe un qualsiasi criterio di politica positiva e realistica e di riorganizzazione sociale.

Il moto sindacale nel quale noi vediamo il primo inizio del decentramento che la democrazia presentiva e invocava si estende a tutte le classi, e celebra quasi ogni giorno silenziosamente le sue conquiste. Ieri, ad es., si annunziava la costituzione del sindacato degl'industriali cotonieri. Non trust, che la moltiplicità di componenti non permette di temere, ma sindacato vero di produttori.

E tutte le categorie di funzionari dello Stato si vanno sindacando, dai magistrati ai custodi di musei. E taluni sindacati più numerosi fanno già capo a dei parlamentini, riconosciuti per legge; benchè questa si ostini poi a voler trattare solo con la classe delle tabelle, non con quella che si disciplina e si organizza nei liberi sindacati.

Certo anche i sindacati hanno oggi, specialmente presso di noi, una vita tumultuaria, vincono a stento l'individualismo diffidente ed astuto, che è cosa caratteristicamente italiana; seguono la pressione di un immediato interesse, non discernono una loro funzione durevole. Sono polemici e battaglieri, accampano sulle trincee, non intendono ancora che il primo dovere è quello di correggere, migliorare, disciplinare la funzione sociale sulla quale il sindacato riposa.

Ma quello che oggi non è, verrà col tempo; perchè, come dicevo, questo moto che oggi si inizia è destinato a ricostituire dalle sue basi la società.

E intanto esso accelera la trasformazione dei partiti e dello Stato moderno. Insieme con l'altro della libertà spirituale o, ci si passi la frase, della politica dello spirito e delle fedi, dell'educazione, dell'autonomia come fatto interiore e di coscienza, è il maggiore problema della democrazia, perchè riguarda l'organizzazione di essa, il ricostituirsi delle funzioni sociali in unità corporative, l'armonia e l'equilibrio fra di queste, la tutela dei supremi interessi dei consumatori contro le coalizioni e le possibili esorbitanze dei singoli gruppi di produttori.

Una concezione idealistica insieme e realistica della società e dello Stato, quale noi vagheggiamo, non vede negli individui, innanzi tutto, dei soggetti di diritto; in ciascuno di essi è, desunta dalle esigenze della comune umanità, ma definita dalle condizioni storiche date, nelle quali egli è posto ad operare, una vocazione nativa, un fine, una funzione, una responsabilità ed un dovere. E il primo diritto di ciascuno è quello di fare il proprio dovere; primo, anche nella protezione che lo Stato deve accordargli. Un fine da perseguire, non come singolo, ma nella società degli uomini, una funzione sociale da compiere, fine e funzione che cercano di chiarirsi e di esplicarsi, questo sono gli individui, nell'immensa rete di generazioni e di rapporti sociali nella quale hanno esistenza.

E dove la posizione e quindi la funzione sociale è eguale od affine in molti individui, quivi essa costituisce un vincolo morale e spirituale che non può essere soppresso, una affinità di tendenze, una comunità di interessi che associa i singoli e li costituisce in gruppi o in classi; con questo dovere supremo e fondamentale di cercare insieme il migliore svolgimento e compimento della propria funzione. I miglioramenti economici sono legati a questo e dipendenti da questo fine; poichè anche i sindacati non hanno che il diritto di esser messi nelle condizioni più atte a compiere il proprio dovere.

Non è dunque una lotta di interessi, nella quale mancherebbe qualsiasi norma, all'infuori delle composizioni mediante la forza, per i contendenti, ma un moto spirituale di riaggregazione e di riordinamento che i sindacati compiranno. Essi incominciano, nel loro processo, a sottrarre forza ai partiti, organizzazioni di tendenze politiche economicamente e moralmente eterogenee. Le confederazioni generali del lavoro dichiarano, ad es., di essere libere da ogni dipendenza ufficiale di partito: talora giungono a dichiararsi apolitiche; non fanno che la politica della classe organizzata.

Gl'impiegati, in Italia, i maestri, i professori sono gruppi di forze che agiscono spesso, anche elettoralmente, per loro conto, spostando l'equilibrio dei partiti.

(Taluni professori hanno poi creato in questi ultimi tempi una specie di radicalismo loro, ereticale e dotto, più critico che fattivo, ma lievito fecondo di rinnovazioni, che ha nell'Unità di G. Salvemini il suo organo).

E lo Stato è anche indebolito da queste organizzazioni, in molti modi. Spesso, ad es., si determinano dei conflitti complicati, minaccianti l'ordine pubblico, che esso non ha modo di scongiurare o di reprimere, perchè sono fra forze organizzate, che hanno fondi di guerra e disciplina ferrea e una tattica loro, lungamente meditata. Altri sindacati sono così forti e vasti che non riesce ad essi difficile creare, anche contro lo Stato, un movimento di opinione pubblica che lo trascini.

Altri, poi, investono da vicino l'opera stessa dello Stato, e sono i sindacati dei funzionari pubblici. Discutere se questi abbiano o no il diritto di sciopero è vano; poichè si tratta solo di un fatto che per i sindacati è un'arma delicata, ma necessaria (almeno come minaccia) di rivendicazione di classe, e che lo Stato, da sua parte, vieta e cerca naturalmente, quanto e come può, d'impedire.

Dove due forze tendono a misurarsi e a lottare, il diritto è il segreto che il conflitto chiude nel grembo.

L'Italia non può, senza gettare improvvidamente i germi di una rivoluzione sociale, porsi contro questo moto di organizzazione sindacale. Con il suffragio universale essa è giunta all'estremo delle riforme genericamente democratiche e formali; conviene ora affrontare la questione sostanziale, quella cioè del nuovo assetto delle forze sociali e dei rapporti fra esse e i poteri pubblici.

Ma anche accettare e secondare il moto dei sindacati lo Stato non può se insieme non li domini con una visione più alta di equilibrio e di armonia, e se non cerchi e non trovi nel corpo sociale delle forze con le quali sia capace di fronteggiarli ed imporre ad essi i loro limiti.

Due vie per giungere a questo ha lo Stato aperte dinanzi a sè: appoggiarsi sui ceti medi, farsi interprete degli interessi generali dei consumatori.

I ceti medi, per la loro stessa struttura sociale, per la molteplicità e complessità dei servigi che rendono, per la iniziativa individuale che richiedono, sono i meno capaci di organizzazione rigidamente sindacale; anche essi hanno bisogno di solidarietà e di organizzazione: ma di una organizzazione varia, molteplice, plastica e adattabile. Il piccolo proprietario rurale, l'artigiano, il piccolo commerciante, questi tre grandi strati sociali, non fanno blocco così facilmente come il salariato, l'impiegato, l'industriale, il grosso proprietario; ed essi sono sopra a ogni altro minacciati dalle esorbitanze e dal prepotere dei sindacati. Su di essi quindi lo Stato deve appoggiarsi per contenere questi nei giusti limiti, per circondarsi di una opinione pubblica la quale lo accompagni e lo assista nel suo difficile incarico.

Politica dei consumi e finanza democratica

In secondo luogo, mentre i sindacati sono di produttori, sta dinanzi e di fronte ad essi l'interesse dei consumatori e specialmente di quei consumatori—e sono la grandissima maggioranza—per i quali ogni aumento notevole di costo delle merci o dei servizi pubblici sarebbe oramai gravissimo, ogni diminuzione utilissima.

Verso di essi, troppo sovente presi di mira e tartassati dal fisco—il nostro sistema tributario grava particolarmente sui consumi, ai quali chiede quasi un miliardo e mezzo delle sue entrate—, sfruttati dai monopoli e dal protezionismo cui lo Stato fu così largo di appoggio, questo deve oramai andare con coraggio e con fiducia; e rinnovare gradatamente e prudentemente, ma sostanzialmente anche, il suo sistema tributario, spostandone l'onere verso gli alti redditi e la ricchezza.

Meravigliosa è stata, come taluno disse, la pazienza del contribuente italiano: ma si rischia di spingerla al limite estremo riversando sui consumi popolari il peso degli oneri nuovi che si annunziano per la finanza italiana, oneri che saranno non leggeri, comunque si voglia far fronte ad essi, o con prestiti o con imposte.

Finchè di pari passo con le spese cresceva il gettito delle imposte vigenti e qualche leggero ritocco di tariffe e tasse potè portare non lievi incrementi, non si osò affrontare una riforma tributaria su larga base, che avrebbe turbato e sconvolto l'economia nazionale; e si diceva che convenisse attendere un periodo di più sicura floridezza per tentare. Oggi, invece, sarà l'opposto criterio che prevarrà. E in un momento difficile per l'Europa e per noi, di spese crescenti, di preoccupazioni intense, le quali non saranno così facilmente sopite, di crisi di talune industrie e di scarsezza di denaro, converrà osare un riordinamento tributario che abbia insieme l'effetto di aumentare le risorse dell'erario e dei comuni e di sgravare i consumi popolari.

Possono le classi ricche italiane sopportare il nuovo onere? Io non mi addentro nell'esame delle proposte fatte o di nuove imposte o di riduzioni e dei loro probabili effetti, una volta che venissero adottate. Ma trovo ovvio ed accettabile il pensiero dei liberisti, i quali vogliono che alle esigenze opposte e concorrenti dell'erario e dei consumatori sia sacrificato senza ritardo il vantaggio di quelle piccole categorie di industriali ai quali il protezionismo permise di intascare lauti guadagni: gli zuccherieri, innanzi tutto, ed il trust siderurgico.

L'abolizione del dazio sul grano si impone anche essa, se il diritto al pane deve essere considerato dalla democrazia come uno dei più sacri e fondamentali, l'imposta su di esso come la più odiosa che sia possibile immaginare. Riconoscere che essa dovrà tuttavia aver luogo per graduali e lente diminuzioni, perchè l'economia agraria e l'erario non ne siano troppo gravemente turbati, è rendere omaggio, nell'interesse stesso dei lavoratori, alla dura necessità delle cose. E si dovrebbe esser soddisfatti se, nel corso della nuova legislatura, si potesse tentare una riduzione di L. 3.50 il quintale. Al di sopra di ogni preoccupazione e timore d'indole strettamente finanziaria e fiscale deve essere la sicura fiducia e la certezza che facilitare la vita del popolo, e con esso tutte le molteplici attività creatrici della ricchezza, non può in alcun modo significare metter l'economia nazionale in grado di contribuire meno largamente che oggi non faccia, e

con più sacrificio, all'erario pubblico. Qui, come in ogni campo, l'idea è la più profonda
e ricca realtà.

Esercito e spese militari

Quando scoppiò la guerra di Libia fu fatto rimprovero al partito radicale di non aver
preso nell'opinione pubblica una posizione dirigente e di aver quasi velato il suo
pensiero in proposito.

Ma che cosa gli sarebbe convenuto fare o dire? Esso era davvero equidistante dai due
estremi: dal piccolo gruppo della spavalderia nazionale che andava invocando da tempo
la guerra vittoriosa, senza neanche sapere contro chi, e solo per un rinascente istinto di
dominio e di egoismo (e da questa paternità la parentela, rivelatasi poi, con il partito
clericale, antinazionale per definizione... pontificia), applicato all'esame dei problemi
nazionali; e dal partito socialista ufficiale, che dell'impresa non volle vedere la necessità
storica e l'importanza—sia pure lontana—per gli ulteriori sviluppi della cultura italiana
ed umana.

Nè amavamo confonderci nei facili entusiasmi della anonima maggioranza; pensosi
soprattutto delle difficoltà che il peso della guerra poteva creare agli ulteriori sviluppi
della politica sociale nel nostro paese. Poichè, se sarebbe stato indegno dei continuatori
del grande sforzo rivoluzionario non vedere la bellezza ideale e l'efficacia profonda del
gesto di una generazione di italiani che sacrifica vite e denaro alla continuità ed alla
grandezza futura della patria, era pur doveroso vigilare che il sacrificio fosse
strettamente commisurato alle necessità dell'impresa e non ci conducesse alle audacie ed
ai rischi di una politica spavalda e di crescenti spese militari.

Chiusa la guerra, noi siam qui per ricordare che la politica italiana deve essere, dal
punto di vista militare, essenzialmente difensiva e nell'opera diplomatica pacifica e
acceleratrice di pacifici accordi, anche per la limitazione degli armamenti. Gravarci,
come pretendono far i socialisti ufficiali, della responsabilità dei sogni e delle pretese
del «militarismo» è assurdo. Noi sentiamo che le spese militari schiacceranno l'Europa
continentale, che essa va diventando una grande caserma, che è pazzo profondere tanto
denaro negli armamenti. Ma quale capo di Stato si assumerebbe la responsabilità del

disarmo, anche solo parziale, del suo paese? Faccia ogni gruppo e ogni partito quello che può per rimuovere ragioni di conflitto, per moltiplicare rapporti amichevoli, per prevenire le guerre, per contenere le spese: noi saremo volentieri fra i primi.

Intanto, noi radicali non possiamo consentire, anche per supreme necessità di esistenza come partito, che le spese militari compromettano lo sviluppo dei servizi civili e degli ancora invocati provvedimenti sociali.

Noi vogliamo quindi che la massima parte degli introiti normali del bilancio sia assicurata a questa politica di pace operosa; e che a fronteggiare le spese della guerra passata, che gli avanzi non copersero, e quelle altre che eventualmente fossero dichiarate inevitabili per la difesa nazionale, pensino solo le classi ricche, mediante una imposta progressiva sul reddito.

Il programma politico-sociale

Più arduo lavoro è definire il radicalismo, quando si tratti di delineare le concrete e immediate rivendicazioni giuridiche, politiche, economiche nelle quali debba inverarsi, pei prossimi anni, il cammino e il divenire della democrazia. Vi si provava recentemente l'associazione radicale romana, in uno schema di programma, perdendosi nel laberinto di una interminabile serie di articoli e di capoversi.

La vita pubblica italiana non offre oggi una questione prevalente e assorbente in una sua soluzione della quale si concreti lo spirito democratico: lo sgravio dei piccoli consumatori con imposte che pesino più direttamente sulla ricchezza, la liberazione del consumo e dell'industria da taluni dazi doganali (zucchero o ferro) che pesano su di essi più fortemente, il minacciato fallimento dei comuni a corto di risorse, la trasformazione dell'agricoltura, la colonizzazione interna, problemi gravissimi tutti, non sono intesi così potentemente che sia necessario porre l'uno o l'altro o più di essi in primissima linea; e tutti insieme si disputano l'attenzione e le preferenze.

Un altro gravissimo problema, da lungo tempo agitato, quello del miglioramento delle condizioni di vita delle plebi del Mezzogiorno, attende non dalle leggi, ma da uomini nuovi e da iniziative vigorose, la sua soluzione. Scuole, strade, acqua, le supreme necessità alle quali lo Stato possa direttamente provvedere, furono già offerte con più larghezza, da leggi recenti, a queste regioni.

Ma raccogliere intorno ad alcuni argomenti centrali il pensiero radicale, nel campo della vasta congerie di provvedimenti sociali auspicati, è pure possibile, rifacendosi ai due cardini indicati: educazione dell'individuo all'autonomia (umanismo reale e integrale, dicevano i teorici del socialismo scientifico); ricostituzione della autonomia degli enti pubblici e delle associazioni d'interessi professionali; tutela e incremento delle energie vive e fattive della nazione.

Nel primo campo le categorie che attendono ancora da una ulteriore democrazia la loro liberazione sono principalmente tre:

la donna, ancora per molti aspetti giuridicamente minore;

i vecchi e gli inabili al lavoro, lasciati dalla mancanza di protezione sociale alla mercè della beneficenza pubblica o privata;

i minorenni, che la dura sorte priva della normale protezione della famiglia.

Quindi pienezza della capacità giuridica della donna, avviamento alla sua capacità politica, assicurazione obbligatoria della vecchiaia e contro le malattie, assistenza dell'infanzia e dei minorenni abbandonati.

Non osammo parlar senz'altro di piena capacità politica della donna (elettorato femminile universale) poichè in questo, come negli altri campi, una democrazia di governo non può perdere di vista l'insieme delle reali condizioni del paese e dissociare il criterio dottrinale dell'astratta giustizia da quello pratico del risultato prevedibile, utile o meno ai paralleli ed ulteriori progressi degli istituti democratici.

Nel campo delle autonomie collettive:

riforma e disciplina del diritto di associazione, contemperando ai fini sociali utili che le categorie di associazioni si propongono l'ampiezza del loro essere giuridico e la facoltà di possedere. E in questo campo rientrano anche la limitazione che è necessario imporre alle congregazioni, moltiplicantisi oggi, come associazioni di fatto, in onta alla legge, il contratto collettivo di lavoro, l'esistenza legale e la funzione dei sindacati;

autonomie degli enti locali, così che esse siano commisurate alla capacità di sviluppo dei singoli enti ed ordinate intorno a corpi regionali elettivi, muniti di sufficienti poteri e non schiacciati dal peso degli organi del potere esecutivo centrale;

riforma della burocrazia. La necessità e i criteri di questa riforma esponeva eloquentemente, nella relazione al bilancio preventivo per gli affari interni per il 1913-14, l'on. Aprile.

La politica di tutela e di incremento delle energie sociali riguarda:

1. la riforma tributaria (imposta progressiva e sgravio di consumi; ricostituzione dei bilanci comunali);

2. la politica doganale. (Riduzione, sino alla quasi abolizione, del dazio sullo zucchero e sul ferro, riduzione del dazio sul grano);

3. la tutela della piccola proprietà rurale;

4. i lavori pubblici, in ordine ai quali converrà solo continuare il possente impulso dato ad essi dall'on. Sacchi;

5. la politica della scuola.

Di quest'ultimo argomento il radicalismo italiano, partito idealistico e di cultura, propulsore ed espressione dei progressi dell'auto-coscienza in ogni gruppo di attività sociali, minoranza colta che trae il diritto di aspirare al Governo dall'intima corrispondenza con le aspirazioni confuse ed implicite della grande massa popolare, si occupa a preferenza di ogni altro. La formazione dello spirito nazionale deve essere sua primissima cura. Esso deve quindi volere una radicale riforma della scuola media e dell'insegnamento superiore; riforma che, conservando la grande tradizione del pensiero italiano e della cultura classica, ne presidî efficacemente la formazione, diminuendo il numero delle università, distribuendole meglio, disciplinandone le funzioni; riordinando didatticamente l'insegnamento tecnico, facendo rifiorire, con larghezza di mezzi, il ginnasio-liceo.

Quanto alla scuola popolare, essa va completata con i corsi professionali, portando l'intiero corso, e l'obbligo della istruzione, a sette anni subito, e, appena sarà possibile, ad otto anni.

Queste in breve, e per principali capi, le riforme che debbono far parte di un programma minimo e massimo insieme, perchè intiero e sintetico programma emergente dalle necessità mature e constatate della classe democratica, del radicalismo di oggi.

E intorno ad esso è largo il consenso; ma è consenso disperso e diffuso di singoli, non proposito collettivo intorno al quale si raccolga un vasto fascio di forze, una volontà risoluta e animosa di un partito possente. Sicchè questo, dell'organizzazione politica del radicalismo, è l'ultimo e forse più grave argomento che ci rimane da esaminare, avviandoci alla conclusione.

L'organizzazione radicale

Questo dell'organizzazione è invero il problema assillante e insoluto che la democrazia radicale persegue in Italia da quaranta anni. Fu tentata, nel 1873, una prima riunione dei mazziniani e democratici radicali; ma li divise, e annullò lo sforzo, il dissidio tra gli intransigenti e i possibilisti, dei quali gli uni volevano l'educazione morale delle masse per l'azione repubblicana, gli altri l'azione riformatrice della democrazia.

Nel 1879 fu costituita in Roma la Lega della democrazia della quale si è fatto cenno sopra.

Fallito anche questo tentativo, si tentò di nuovo, auspici, con Saffi alla testa, i maggiori uomini del vecchio partito d'azione, e una riunione fu tenuta nel maggio 1885 in Bologna per la ricostituzione della Lega della democrazia; e vi fu deciso, il 14 maggio, di organizzare la democrazia radicale in partito, con schema di statuto proposto da Socci; e fu istituito un comitato permanente per l'organizzazione del lavoro elettorale. Parteciparono anche i repubblicani, salvo alcuni astensionisti, fra i quali il Fratti.

Nel congresso del Patto di Roma, nel maggio del 1890, al quale avevano aderito 452 associazioni, 30 giornali, 40 deputati, 2 senatori, 122 spiccate personalità della democrazia, fu di nuovo discusso l'argomento dell'organizzazione del partito, e di nuovo senza effetto pratico.

Dopo altri 14 anni sorse e tenne il suo primo congresso in Roma, nel 1904, il partito radicale organizzato; in un periodo nel quale lo sforzo idealistico era assai meno intenso, quando socialisti e repubblicani avevano largamente mietuto nelle file della democrazia e quasi per far argine all'assorbimento e alla dispersione. Altri congressi nazionali furono tenuti nel 1905, 1907, 1909. Ma la vita del nuovo organismo politico si protrasse lenta e svogliata sino ad oggi; nè per numero, nè per coesione, nè per efficacia di attività pratica il partito corrisponde all'ampiezza ed alla forza dell'idea radicale nel paese.

E il congresso del novembre scorso in Roma servì più a documentare incertezze e contraddizioni interiori, lentezza di organizzazione, preoccupazioni elettorali primeggianti ogni altra, che non a trovare il rimedio. Ma i motivi della debolezza organica di questa idea radicale non abbisognano, per iscuoprirli, di lunga ricerca; essi appaiono evidenti a chi consideri le condizioni e le vicende degli ultimi quaranta anni di vita pubblica italiana.

L'immaturità politica dei ceti medi fra i quali innanzi tutto il radicalismo dovrebbe reclutare i suoi seguaci, per la non ancora superata antitesi storica fra i gruppi sociali che detenevano il potere e la classe nuova; la differenza profonda di regioni per la quale i moti di cultura e di azione non riescono a vincere la speciale configurazione che dà ad essi l'ambiente; difficoltà, questa, maggiore per il radicalismo che non per i proletari, affratellati dalla comune povertà, ma grande anche per questi; le difficoltà opposte alla polarizzazione dei partiti dal trasformismo e dall'opportunismo parlamentari e locali, che stemperavano le migliori energie; la ripugnanza degli italiani ad ogni durevole e saldo vincolo di organizzazione sono fatti noti che spiegano molte debolezze.

Inoltre, era appena giunto il radicalismo italiano a discendere, con Bertani e Cavallotti, dalle altezze del rigido idealismo di Cattaneo e Mazzini e Bovio nella concreta realtà sociale, non rinunziando agli ideali ma cimentandoli e incarnandoli nelle prove dell'esperienza, quando sopravvenne e si diffuse un movimento nuovo, derivazione anche esso, come ho sopra mostrato, dal radicalismo ma che colpiva con i più vivaci contorni del suo programma e con la veemenza eroica della lotta ingaggiata; e molti si credettero e si dissero socialisti che erano, in realtà, degli ottimi radicali; e che tali, sovente, son riapparsi più tardi.

Più interessante è cercare se queste condizioni sieno oggi mutate; così che si possa sperare per il radicalismo un periodo di rinnovato vigore. Ed io credo che sì, ma non a segno tale che se ne possano vedere rapidamente gli effetti. Il blocco clerico-moderato che si va facendo dall'altra parte, il suffragio universale che, aprendo a più larghe evoluzioni la democrazia, ci costringerà a smettere certi particolarismi e dottrinarismi infecondi, la più diffusa coltura, la timidamente iniziatasi rinnovazione, qua e là, delle plebi meridionali, prepareranno certo larga messe al radicalismo.

E se la democrazia persisterà nell'errore delle scissioni presenti e il danno sarà grave, noi speriamo che esso non sia nè così grave nè così lungo da chiudere il cammino ai rinsavimenti riparatori.

Un ceto sopratutto io spero che troverà nel radicalismo sè stesso e le sue vie, quello degli insegnanti delle scuole medie; perchè questo della trasmissione da generazione a generazione della cultura nazionale, della formazione dell'anima e del pensiero dei ceti medi e dei professionisti è compito sopra a ogni altro radicale, se la cultura dell'età nuova deve raccogliere in sè e maturare la tradizione democratica degli ultimi secoli, educare lo spirito al dominio di sè e della storia, elaborare le grandi idee direttrici, alimentare questa insaziabile sete di libertà e di riforma che è il nostro tormento e la nostra gloria.

E contro gli eccessi di un idealismo impaziente che nella visione dell'umanità e del proletariato di tutto il mondo dimentica le patrie o le considera come anguste ai suoi sogni, e contro quelli degli altri che nel nazionalismo mascherano un ritornante istinto di violenza e di dominio messo a servizio della reazione contro l'umiltà democratica, il partito radicale dovrà far valere il concetto di una patria vista nell'unità organica e vivente della sua tradizione e dei suoi legami di popolo, ma intesa insieme come strumento di più larghi progressi umani.

Concludendo

Io dissi alla Camera, nella discussione del progetto di legge sul suffragio universale: l'Italia colta, fatta consapevole della sua insufficienza, chiama gli analfabeti a salvare la patria. La democrazia, infatti, estende ora il suo processo evolutivo a nuove masse di incolti, di trascurati, di sopravvenienti; nel fresco istinto delle necessità varie di queste masse, nell'opera alacre suscitatrice e direttrice di queste coscienze novelle, l'Italia colta ritroverà, è da sperare, sè stessa. O il popolo nuovo le dà la sua sanità rude o essa dà al popolo nuovo i suoi vizi mentali e morali. Noi, il cui maggiore orgoglio è quello di essere e di sentirci popolo, con queste masse, di mettere ai loro servizi la cultura e l'esperienza acquisita, di servire alacremente all'anima popolare che si cerca e si rivela a sè stessa e conquista la sua vita e la sua storia, noi lavoreremo perchè la prima delle due cose avvenga.

Questo è l'ufficio dei dirigenti; farsi pedagoghi di libertà e di autonomia, portare nell'opera pubblica l'espressione nitida e salda. delle esigenze ed aspirazioni di un popolo che ascende dalla necessità alla libertà, e rinnova e ravviva ascendendo le glorie di una tradizione di coltura che è la traccia luminosa della storia della civiltà europea.

La rampogna che A. Salandra rivolgeva testè al partito liberale «consideri ognuno di noi lo stato di marasma senile in cui la parte nostra è da qualche anno caduta», forse tutti gli altri partiti possono dire a sè stessi. «È tempo che ognuno prenda il suo posto qui dentro, chiaramente e francamente: siamo vicini a una crisi del parlamentarismo; è prossimo il dies irae».

E questa rampogna, è eco di altre più solenni rampogne.

Scriveva, nel 1878, uno dei nostri più insigni, Agostino Bertani:

«Noi, generazione cospiratrice e rivoluzionaria, vittoriosa per la fede nell'ideale di un'Italia redenta, scendiamo a giorni affrettati nel sepolcro, ravvolti nelle bandiere rivendicate; e con noi scompare un'epoca, un insegnamento, e si perdono nel passato le ultime note di un inno, che la storia innalzerà alla virtù di un popolo che volle esser libero e padrone di sè. La generazione che ci segue, guasta dalla dualità del dogma politico, educata all'utile, al tecnicismo scientifico, incalzata dai problemi economici, si difende dallo sgomento del vuoto con l'indifferenza dello spirito e con l'angustia dei

45

concetti; ma la negazione ha periodi brevi e la generazione futura comincerà a impensierirsene».

La generazione nuova alla quale il Bertani volgeva l'occhio e le speranze, al di là di quella che in quegli anni si precipitava nella vita pubblica, è questa che intorno a noi fa le prime prove.

Essa è torbida e irrequieta, litigiosa e veemente, insofferente di disciplina, avida di originalità spuria, raccattatrice di cultura posticcia, per odio delle lunghe vigilie di preparazione; è quello che si poteva attendere da una generazione che non ebbe maestri, che fu dissetata di positivismo e di critica, che imparò a schernire i maggiori e si rispecchiò in D'Annunzio e si disperde in un individualismo senza freni.

E pure non tutta è guasta; e brividi e fremiti di idealismo vi corrono dentro.

Ascolti essa una parola di Giovanni Bovio:

«Quando voi vedete qualche straniero indicarvi le nostre piccole lotte di oggi, le gare personali, lo scetticismo larvato di una classe dirigente che ogni dì scende, e il potere essere conteso fuori delle idee, fuori dei metodi oggettivi, innanzi a un popolo che paga, vota e geme; quando vi si dice che qui il sacerdote è senza Dio, la cultura senza educazione e il cittadino senza obbiettivo pubblico, per concludere che una nazione nata ieri è oggi senza giovinezza, levatevi e costringetelo a voltare la faccia verso Pisa, dove Mazzini muore».

Non lo straniero, oggi, ma noi stessi dobbiamo volgere il viso verso dove Mazzini muore, verso la luce degli ideali civili e sociali che egli ed i suoi grandi contemporanei e seguaci accesero nelle coscienze, inserirono con viva violenza nella vita italiana e dal cui impulso lentamente degradante essa è stata mossa sino ad oggi.

Oggimai quel moto si arresta e langue e la cultura italiana si va oscurando e il carattere e l'animo finiscono per corrompersi se un impeto nuovo di entusiasmi e di ideali non soccorre. Di là dove il pensiero dei creatori della nostra nuova vita nazionale parve discendere nell'ombra, ricominciamo.

A noi non il silenzio, custode delle memorie, che pretestavano tristemente gli ultimi superstiti, a noi la parola e l'azione evocatrici delle memorie, suscitatrici delle speranze. Fughiamo le ombre, ripigliamo la battaglia per la sovranità dell'idea sulla storia, per la democrazia, dalla quale tanta liberazione di umili e concordia di sforzi nel bene si attende ancora. Più felice, fra noi, chi getterà nella lotta più di sè stesso e farà della propria anima ardente la luce sul cammino della folla che sale, che diventa popolo libero, Italia migliore.